JIM KNOPF
e os 13 Piratas

Michael Ende

JIM KNOPF
e os 13 Piratas

Ilustrações de Reinhard Michl

Martins Fontes
São Paulo 2002

Título original: *JIM KNOPF UND DIE WILDE 13.*
Copyright © 1983 by Litera Buch und Verlags-Agentur, Basel;
direitos integrais K. Thlenemanns Verlag, Stuttgart – Viena.
Copyright © 1993, Livraria Martins Fontes Editora Ltda.,
São Paulo, para a presente edição.

1ª edição
maio de 1993
2ª edição
março de 2002

Tradução
JOÃO AZENHA JR.

Revisão da tradução e texto final
Monica Stahel
Revisão gráfica
Vadim Valentinovitch Nikitin
Flora Maria de Campos Fernandes
Produção gráfica
Geraldo Alves

Dados Internacionais de Catalogação na Publicação (CIP)
(Câmara Brasileira do Livro, SP, Brasil)

Ende, Michael, 1929-
  Jim Knopf e os 13 piratas / Michael Ende ; ilustrações de Reinhard Michl ; tradução João Azenha Jr. – 2ª ed. – São Paulo : Martins Fontes, 2002. – (Escola de magia)

  Título original: Jim Knopf und Die Wilde 13.
  ISBN 85-336-1546-9

  1. Literatura infanto juvenil I. Michl, Reinhard. II. Título. III. Série.

02-0386 CDD-028.5

Índices para catálogo sistemático:
1. Literatura infanto-juvenil   028.5
2. Literatura juvenil   028.5

Todos os direitos desta edição para a língua portuguesa reservados à
Livraria Martins Fontes Editora Ltda.
Rua Conselheiro Ramalho, 330/340   01325-000 São Paulo SP Brasil
Tel. (11) 3241.3677 Fax (11) 3105.6867
e-mail: info@martinsfontes.com.br   http://www.martinsfontes.com.br

Michael Ende nasceu em 1929, na Alemanha. Hoje ele vive no interior da Itália, a 40 quilômetros de Roma. Sua casa se chama "Casa Liocorno" (casa do unicórnio) e fica no meio de um jardim cheio de oliveiras. Por problemas de dinheiro. Ende não pôde fazer universidade. Começou sua vida profissional trabalhando em teatro, como diretor, ator e roteirista. Também foi crítico de cinema. Em 1961 alcançou o primeiro sucesso como autor de livros infantis: ganhou o Prêmio Alemão de Literatura Infantil, pelos livros da série *Jim Knopf*. Depois disso, escreveu vários outros livros, entre os quais *Momo* (Manu, a menina que sabia ouvir), *A história sem fim*, etc. Ende ganhou vários outros prêmios pelo conjunto da sua obra.

Reinhard Michl fez as ilustrações para este livro. Nasceu na Alemanha em 1948. Formou-se em tipografia e estudou artes gráficas, desenho industrial e pintura. Atualmente mora e trabalha na cidade alemã de Munique.

Índice

Capítulo um, onde a história começa com um
  "Bum!" 1

Capítulo dois, onde Jim inventa um farol grande e
  pequeno ao mesmo tempo 11

Capítulo três, onde tem início uma outra grande
  viagem rumo ao desconhecido 22

Capítulo quatro, onde os viajantes conhecem uma
  figura curiosa, que os leva para um pequeno
  passeio no Mar da Barbaria 29

Capítulo cinco, onde Lucas e Jim ficam sabendo
  do Cristal da Eternidade 38

Capítulo seis, onde os dois amigos descobrem o
  segredo de Gurumuch, o primeiro rei do mar 47

Capítulo sete, onde Jim tropeça na solução do
  enigma e as velas se apagam 55

Capítulo oito, onde muitas coisas ficam imóveis e
  nossos amigos são obrigados a passar uma
  noite muito desconfortável 62

Capítulo nove, onde Jim procura uma diferença, e
  muitas coisas começam a voar 68

Capítulo dez, onde Jim e Lucas inventam o moto-perpétuo 74

Capítulo onze, onde a gorducha Ema sai voando e os inventores finalmente conseguem tomar o seu café da manhã 81

Capítulo doze, onde o moto-perpétuo quase se espatifa de encontro à Coroa do Mundo 89

Capítulo treze, onde os dois amigos são confudidos com uma miragem 97

Capítulo catorze, onde Jim e Lucas salvam dois amigos das garras de dois monstros 106

Capítulo quinze, onde Lucas e Jim encontram um guarda para os grandes recifes magnéticos de Gurumuch 114

Capítulo dezesseis, onde pela primeira vez em cem mil anos um ser do fogo e um da água reatam laços de amizade 126

Capítulo dezessete, onde Jim passa por uma experiência muito dolorosa e Lucas imagina um plano audacioso 136

Capítulo dezoito, onde os viajantes descobrem uma cidade muito estranha no fundo do mar 144

Capítulo dezenove, onde uma carta escrita errado coloca nossos amigos na pista certa 154

Capítulo vinte, onde o Dragão de Ouro da Sabedoria acorda 163

Capítulo vinte e um, onde aparece um navio azul da cor do mar com um clandestino a bordo 175

Capítulo vinte e dois, onde acontece a grande
   batalha marítima com os 13 Piratas   184

Capítulo vinte e três, onde o navio de velas
   vermelhas chega à Terra Que Não Pode Ser   199

Capítulo vinte e quatro, onde Jim vê a estrela no
   Olho da Tempestade   209

Capítulo vinte e cinco, onde Jim Knopf descobre o
   segredo de sua origem   223

Capítulo vinte e seis, onde Ping Pong acaba
   merecendo um monumento e o Dragão de
   Ouro da Sabedoria desperta a ira do Imperador
   de Mandala   232

Capítulo vinte e sete, onde se endireita o que está
   torto   240

Capítulo vinte e oito, onde os piratas cumprem a
   sua penitência e compõem uma nova
   canção   249

Capítulo vinte e nove, onde o Príncipe Mirra
   encontra o seu reino   259

Último capítulo, onde a história termina com
   muitas surpresas agradáveis   268

Capítulo um

onde a história começa com um "Bum!"

Em Lummerland, quase sempre fazia tempo bom. Mas é claro que também havia dias de chuva. Era raro, mas quando chovia era para valer. Num desses dias é que começa a nossa história.

Chovia, chovia, chovia sem parar.

Jim Knopf estava sentado na cozinha, na casa da senhora Heem; a princesa Li Si também estava lá, pois era época de férias da escola. Sempre que vinha visitar Jim, a princesa fazia questão de trazer um presente para ele. Certa vez trouxe uma bola de cristal, que tinha dentro uma minúscula paisagem de Mandala. Quando a gente sacudia a bola, floquinhos de neve caíam sobre a cidadezinha em miniatura. Outra vez ela tinha trazido um guarda-sol de papel colorido; outra vez, ainda, trouxe um apontador de lápis em forma de locomotiva.

Desta vez Li Si tinha trazido para Jim um maravilhoso estojo de material de pintura. Por isso, as duas crianças estavam sentadas na mesa da cozinha, pintando. Na outra ponta da mesa estava a senhora Heem. Ela estava de óculos, lendo em voz alta um livro de histórias, ao mesmo tempo que tricotava um cachecol para Jim.

Era uma história linda e emocionante, mas Jim, um pouco distraído, não parava de olhar para a vidraça, onde as gotas de chuva escorriam formando riozinhos. A chuva estava tão forte, que mal dava para enxergar a estação de Lucas. Lá dentro, abrigada e bem sequinha, Molly estava junto de sua mãe, a boa e velha locomotiva Ema.

Mas não pensem que aquela era uma chuva triste e melancólica. De jeito nenhum! Em Lummerland, por pior que fosse, o tempo nunca era muito ruim. Pelo contrário, era sempre alegre e divertido. A chuva parecia mais um concerto aquático. Os pingos de chuva pinguepingavam e tamborilavam alegremente na vidraça; nas calhas, as águas conversavam em glu-glu-glu; nas poças, o barulho da chuva caindo parecia uma multidão animada batendo palmas.

Jim viu Lucas saindo da estação. O maquinista olhou para o céu para ver como estava o tempo, depois subiu na locomotiva e saiu com Ema, debaixo de chuva e tudo. Molly não foi com eles; ficou na estação, bem protegida do mau tempo. A propósito, já tinha passado um certo tempo, e agora Molly já estava quase do tamanho de Ema. Parecia uma dessas locomotivas que circulam por ferrovias secundárias. Para um meio-súdito como Jim estava ótimo, pois ele podia sentar-se confortavelmente na cabine do maquinista.

Lucas deu algumas voltas pela ilha, só para ninguém falar que faltava transporte ferroviário em Lummerland quando chovia. Depois levou Ema de volta ao barracão da estação, onde estava Molly, dobrou a barra da calça do macacão, cobriu bem a cabeça com o boné, e a passos largos foi correndo até a casa da senhora Heem, que ficava bem em frente. Jim levantou-se de um salto e abriu a porta para o amigo.

— Brrr ... mas que tempo! — resmungou Lucas, enquanto entrava na casa sacudindo o boné molhado.

— Bom dia, Lucas! — disse Jim, radiante de alegria.

— Bom dia, *comparsa*! — respondeu Lucas.

Jim não sabia muito bem o que significava aquela palavra, mas entendeu que era um jeito como os maquinistas se tratavam. Sem ninguém perceber, deu uma olhadinha para Li Si, só para ver se ela tinha ouvido. Mas a princesinha não parecia ter percebido nada de especial naquela forma de tratamento.

Lucas cumprimentou as duas mulheres, depois sentou-se numa cadeira perto da mesa e pediu: — Será que dava para vocês me arrumarem um xícara de chá bem quente misturado com uma boa dose de rum?

— Mas é claro — respondeu a senhora Heem amavelmente. — Com esse tempo, chá quente é muito bom para prevenir resfriados. A Li Si me trouxe uma latinha do legítimo chá de Mandala, e eu ainda tenho guardado um pouco de rum.

Enquanto a senhora Heem preparava o chá, e um cheirinho delicioso se espalhava pela cozinha inteira, Lucas admirava os desenhos de Jim e de Li Si. Depois a senhora Heem pediu para as crianças tirarem os desenhos e as tintas de cima da mesa, pois ela queria colocar uma toalha. Para a surpresa de todos, colocou sobre a mesa um bolo bem amarelinho, coberto de açúcar de confeiteiro. Nem é preciso dizer que o bolo estava delicioso, pois todos sabem que a senhora Heem era mestra na arte de fazer bolos.

Depois de acabarem com o último pedacinho do

bolo, Lucas reclinou-se na cadeira a encheu o cachimbo de fumo. Jim também colocou na boca o pequeno cachimbinho que havia ganho de Li Si de presente de noivado. Mas ele não fumava de verdade. Lucas tinha dito que se ele começasse a fumar desde criança, não ia se desenvolver bem. No caso dos adultos, tudo bem; afinal, eles já eram bem desenvolvidos. Mas Jim ainda era um meio-súdito, e é claro que ele não ia querer continuar assim para sempre.

Lá fora já começava a escurecer e a chuva tinha parado um pouco. Dentro da cozinha estava quentinho e aconchegante.

— Li Si, tem uma coisa que eu estou para perguntar há um tempão — disse Lucas, depois de acender calmamente o cachimbo. — Como é que vai o dragão Dentão?

— Continua dormindo profundamente — respondeu a princesinha, com sua linda voz de passarinho. — É simplesmente maravilhoso olhar para a senhora Dentão. O dragão brilha da cabeça até a ponta da cauda, como se fosse feito do mais puro ouro. Meu pai colocou guardas para vigiá-lo dia e noite, para que nada perturbe seu sono encantado. Também pediu para ser avisado assim que o dragão começar a acordar. Quando isso acontecer, vocês serão os primeiros a saber.

— Ótimo! Não deve demorar muito, pois o dragão disse que voltaria a acordar dali a um ano — disse Lucas.

— Pelos cálculos de nossas Flores do Saber, este grande momento acontecerá dentro de três semanas e um dia — observou Li Si.

— Então quero ser o primeiro a perguntar ao dragão de onde os treze piratas me roubaram e quem eu sou na realidade — disse Jim.

— Pois é... — suspirou a senhora Heem, meio preocupada. Ela temia que Jim pudesse deixar Lummerland para sempre, e que ela nunca mais voltasse a vê-lo.

Por outro lado, ela entendia perfeitamente que o garoto precisava descobrir o segredo de sua origem. Por isso não disse mais nada, só suspirou mais uma vez, com uma aflição que vinha do fundo do coração.

Então Jim foi buscar a caixa de jogos e os quatro jogaram rouba-monte e outros jogos.

Claro que a princesinha ganhava quase todas as partidas. Embora isso não fosse novidade nenhuma, Jim ainda não tinha se acostumado a perder para ela. Ele gostava muito de Li Si, mas certamente preferiria que ela não fosse sempre tão esperta. Ele até poderia deixar ela ganhar algumas vezes; só que não dava para fazer isso, pois ela ganhava sempre.

Lá fora já estava escuro e não estava mais chovendo. De repente, bateram à porta. A senhora Heem foi abrir, e o senhor Colarinho entrou. Colocou o guarda-chuva num canto, tirou o chapéu e fez uma reverência.

— Boa noite, pessoal, boa noite! Vejo que estão se dedicando à interessante atividade do jogo. Saibam, senhoras e senhores, que eu estava lá em casa quando comecei a me sentir um pouco sozinho. Então perguntei-me se vocês porventura se incomodariam se eu compartilhasse um pouco de sua agradável companhia.

— Mas é um prazer — disse a senhora Heem, amavelmente. Colocou mais uma xícara na mesa para o senhor Colarinho, e encheu-a com chá quentinho do bule. — Sente-se, senhor Colarinho.

— Muito obrigado! Confesso que há algum tempo venho pensando numa coisa, e gostaria de ouvir a opinião de vocês. É o seguinte: todos os habitantes de Lummerland têm uma razão de existir... menos eu. A única coisa que eu faço é passear e receber ordens do rei. Só isso. Vocês hão de concordar que, com o tempo, essa situação vai ficando muito desagradável.

— Ora, mas o que é isso? Todos nós gostamos muito do senhor — replicou a senhora Heem.

E a princesinha acrescentou: — E exatamente como o senhor é.

— Muito obrigado — disse o senhor Colarinho. — Mas existir por existir, sem um motivo... isso não é vida para ninguém. Tudo o que posso dizer sobre mim é que sou um homem muito instruído, que disponho de conhecimentos com os quais eu mesmo chego a me surpreender. Só que infelizmente ninguém me pergunta nada.

Sem dizer uma palavra, Lucas recostou-se na poltrona e soltou argolinhas de fumaça em direção ao teto. Depois, pensativo, observou:

— Sabe, senhor Colarinho, acho que algum dia o senhor ainda vai usar tudo o que sabe.

Nesse momento, ouviu-se lá fora um tremendo — Bum! —, como se alguma coisa tivesse batido violentamente contra a ilha.

— Minha Nossa!! — gritou a senhora Heem, quase deixando cair o bule de chá. — Vocês ouviram?

Lucas já tinha se levantado de um salto e já estava com o boné na cabeça. — Depressa, Jim, venha! Vamos ver o que está acontecendo!

Os dois amigos correram até Nova-Lummerland, de onde tinha vindo o barulho. A chuva tinha parado, mas a noite estava muito escura e demorou algum tempo para os olhos dos dois se acostumarem com a

— *Sabe, senhor Colarinho, acho que algum dia o senhor ainda vai usar tudo o que sabe.*

escuridão. Só conseguiam ver o contorno de uma coisa enorme.

— Talvez seja uma baleia — disse Jim.

— Não... a coisa não está se mexendo. Parece mais uma pequena embarcação — disse Lucas.

— Ei! Oi! Tem alguém em casa? — perguntou de repente uma voz.

— Tem sim... com quem o senhor quer falar? — perguntou Lucas.

— Aqui não é a ilha de Lummerland? — perguntou a voz.

— Aqui é Nova-Lummerland — respondeu Lucas. — Mas quem está aí?

E daquela escuridão, num tom de lamento, a voz respondeu: — É o carteiro! Hoje à tarde, por causa da chuva forte, eu me perdi. Com essa escuridão toda, a gente não consegue enxergar um palmo adiante do nariz, e eu bati com meu barco contra a ilha de vocês. Sinto muito... desculpem!

— Não tem importância — respondeu Lucas. — Não aconteceu nada de grave. Desça, senhor carteiro, venha à terra firme.

— Eu bem que gostaria, mas estou com um saco cheio de cartas para Lucas, o maquinista, e para Jim Knopf. Está tão pesado, que não consigo carregá-lo sozinho.

Então, os dois amigos subiram no barco e ajudaram o carteiro a trazer o saco de correspondências. Reunindo suas forças, os três foram arrastando juntos aquele peso enorme até a cozinha da senhora Heem.

Eram cartas de todos os tipos, cores e tamanhos, algumas com selos raros. Elas vinham dos confins da Índia, de Feldmoching, da China, de Stuttgart, do Pólo Norte e do Equador, enfim, de todos os lugares possíveis. Os remetentes eram crianças. Algumas que, como Jim, não sabiam escrever, tinham ditado suas cartas a alguém, ou simplesmente desenhado o que queriam dizer. Todas tinham ouvido ou lido as aventuras dos dois amigos. Algumas queriam saber mais detalhes; outras estavam convidando Lucas e Jim para visitá-las; outras, ainda, queriam simplesmente dizer aos dois o quanto os admiravam.

Na certa alguns leitores estão querendo saber se a sua cartinha também estava lá. Pois estava sim, com toda a certeza. E também estavam as cartas das crianças que Jim e Lucas tinham libertado da cidade dos dragões, junto com a princesinha.

— Temos que responder a todas essas cartas — disse Lucas.

— Mas e-eu n-não sei escrever! — disse Jim, assustado.

— É verdade... eu tinha esquecido. Bem, então vou ter que fazer isso sozinho — disse Lucas.

Jim ficou calado. Pela primeira vez sentia vontade de saber ler e escrever. Já ia dizer o que estava sentindo quando a princesinha observou meio irônica: — Está vendo, eu não disse?

Foi o que bastou para Jim não falar da sua vontade.

— Só que já está muito tarde. Vou fazer isso amanhã — disse Lucas.

O carteiro acrescentou: — Então é melhor eu ficar por aqui esta noite, assim amanhã posso levar a sua correspondência.

— É muita gentileza sua — disse Lucas.

O senhor Colarinho se meteu na conversa: — Se o senhor quiser, pode passar a noite na minha casa. Podemos conversar um pouco sobre geografia, uma ciência que o senhor carteiro deve conhecer muito bem e que muito me interessa.

— Mas é claro — disse o carteiro, levantando-se. — Então, uma boa noite para todos — e, voltando-se para Lucas e Jim, acrescentou: — Deve ser muito bom ter tantos amigos.

— É muito bom mesmo, não é, Jim? — perguntou Lucas.

Jim concordou com a cabeça.

— Mais do que bom... é sublime! Boa noite, minhas senhoras e meus senhores — disse o senhor Colarinho.

Dizendo isto, fez menção de sair. O carteiro acompanhou-o, mas virou-se mais uma vez e disse:

— A propósito, amanhã bem cedo quero pedir desculpas ao rei Alfonso Quinze-para-Meio-Dia, pelo pequeno acidente que provoquei ao bater na ilha com meu barco.

Depois foi para a casa do senhor Colarinho. Lucas também desejou boa noite a todos e, deixando atrás de si um rastro de fumaça, foi andando pesadamente até a estação, onde a pequena Molly dormia um sono de anjo ao lado da boa e velha Ema.

Pouco depois, as luzes de todas as casas de Lummerland já estavam apagadas. Os habitantes da ilha dormiam sossegados, o vento soprava nas árvores e as ondas grandes e pequenas marulhavam na praia.

Capítulo dois

onde Jim inventa um farol grande e pequeno ao mesmo tempo

Na manhã seguinte, o céu continuava encoberto como no dia anterior.

A primeira coisa de que Jim se lembrou ao acordar foi do sonho que tivera aquela noite. Ele estava debaixo de uma árvore bem alta, mas completamente seca e morta. Nela não havia uma única folha e, como até a casca tinha caído, dava para ver perfeitamente a madeira seca. O tronco estava todo rachado, como se tivesse sido atravessado por muitos raios. Lá em cima, no galho mais alto da árvore morta, havia um pássaro enorme, todo depenado, com uma aparência de dar dó. O pássaro estava bem quietinho, mas de seus olhos caíam lágrimas enormes, do tamanho de um balão. Jim teve vontade de sair correndo, pois ficou com medo de que aquelas lágrimas enormes, chegando lá embaixo, provocassem uma inundação. Mas nesse momento o pássaro gritou: — Jim Knopf, por favor, não fuja!

Perplexo, Jim ficou onde estava e perguntou: — De onde você me conhece, pássaro gigante?

— Você é meu amigo — respondeu a ave.

— O que posso fazer por você, pobre pássaro? — perguntou Jim.

— Ajude-me a descer dessa árvore horrível, Jim, senão vou morrer aqui em cima. Sou tão sozinho... tão sozinho... — respondeu o pássaro.

— Você não sabe voar? Afinal você é um pássaro! — observou Jim.

— Mas Jim... você não está me reconhecendo? — replicou o pássaro, com uma voz muito triste. — Como é que eu poderia voar?

— Pare de chorar — pediu Jim, sentindo muita pena. — Suas lágrimas são enormes. Se uma delas me atingir, vou morrer afogado. Aí ninguém vai poder ajudá-lo.

— Ora, minhas lágrimas não são maiores do que as suas — replicou o pássaro. — Dê uma olhadinha nelas!

Então Jim resolveu acompanhar com os olhos atentos uma lágrima que vinha caindo. Qual não foi sua admiração quando percebeu que, à medida que caía, ela ficava cada vez menor. O menino aparou a lágrima com a mão e quase não conseguiu vê-la, de tão pequena que ela tinha ficado.

— Afinal, quem é você, pássaro gigante? — perguntou Jim. E o pássaro respondeu: — Olhe bem para mim!

De repente Jim teve a sensação de que tudo tinha se esclarecido. Olhou para cima e viu que o pássaro não era pássaro coisa nenhuma, e sim o senhor Tor Tor. Então o menino acordou.

Jim ainda estava pensando no sonho, quando sentou-se à mesa do café da manhã, com a senhora Heem e a princesinha Li Si.

— ...*Sou tão sozinho... tão sozinho...*

— Você ainda está chateado por causa de ontem? — perguntou a princesa, quebrando o silêncio. Ela estava muito sentida por ter irritado Jim na noite anterior.

— Ontem? Por quê? — perguntou Jim, meio distraído.

— Porque eu falei "está vendo, eu não disse?"

— Ah, não foi nada, Li Si — disse Jim.

Só quando Lucas chegou e perguntou se todos tinham dormido bem é que Jim contou aquele sonho estranho. Quando terminou, Lucas ficou algum tempo sem dizer nada, soltando gordas baforadas de fumaça.

— É, o gigante de mentira ... também penso muito nele. Sem a ajuda dele, na certa estaríamos perdidos até hoje no deserto do Fim do Mundo — disse Lucas.

— Como será que ele está? — murmurou Jim.

— Quem sabe? Provavelmente continua morando sozinho no seu oásis ... — respondeu Lucas.

Depois que terminaram de tomar café, a senhora Heem tirou a mesa e a princesinha ajudou-a a lavar e enxugar a louça. Enquanto isso, Lucas e Jim começaram a responder a todas as cartas. Lucas escrevia e Jim ajudava como podia: assinava cada carta com um desenho de sua carinha escura, dobrava o papel, colocava-o no envelope e colava os selos.

Quando terminaram de responder todas as cartas, Lucas, o maquinista, que era um homem bem forte, estava com a mão doendo. Jim, que tinha molhado com a língua todos os selos e todos os envelopes, recostou-se esgotado na cadeira e disse:

— Minha mofa, beu um trabalhão!

Ele queria dizer "Minha nossa, deu um trabalhão!", mas sua boca estava toda grudenta de cola, e ele não conseguia falar direito. Jim teve que escovar os dentes e fazer gargarejo para conseguir almoçar.

Depois do almoço, o carteiro chegou com o senhor Colarinho. Tinham estado com o rei Alfonso e recebido a incumbência de convocar todos os súditos para uma audiência. Assim, todos subiram para o castelo.

Como sempre, o rei estava sentado no trono com sua camisola de veludo vermelho, a coroa na cabeça, e os pés enfiados no chinelo xadrez. Ao seu lado, numa mesinha especial, estava o enorme telefone dourado.

— Caros súditos — disse ele, acenando amavelmente para todos —, desejo-lhes um bom dia.

Em seguida, o senhor Colarinho tomou a palavra:

— Todos nós desejamos à Sua Majestade um dia esplendoroso, e notificamos humildemente que estamos todos presentes.

— Muito bem — disse o rei, e pigarreou algumas vezes para ter tempo de ordenar suas idéias. — Na verdade, meus caros súditos, sinto dizer-lhes que o acontecimento de que fui notificado hoje é da maior gravidade. Trata-se mesmo de um... quero dizer, de...

O rei pigarreou mais algumas vezes e olhou para cada um de seus súditos meio sem saber o que dizer.

— Quer notificar-nos alguma decisão que tomou, Majestade? — perguntou a senhora Heem, tentando ajudá-lo.

— Exatamente — replicou o rei. — Mas não é tão fácil assim. Na verdade, tomei várias decisões. Duas, para ser mais exato. A primeira é a decisão de notificar-lhes minha decisão. Foi o que acabei de fazer, por isso minha primeira decisão já foi cumprida.

O rei tirou a coroa, bafejou sobre o metal e o poliu com a manga da camisola. Sempre fazia isso quando se confundia com seus próprios pensamentos e precisava de algum tempo para achar o fio da meada. Finalmente, num gesto decidido, recolocou a coroa na cabeça e disse:

— Caríssimos súditos! O incidente de ontem com o barco postal mostrou que do jeito que está não dá para continuar. Seria perigoso demais. Em linguagem governamental chamamos isto de "situação da maior gravidade". É isso mesmo: do jeito que está não dá para continuar.

— E o que não dá para continuar do jeito que está, Majestade? — perguntou Lucas.

— Isso que eu acabei de explicar a vocês — suspirou o rei Alfonso, enxugando as gotinhas de suor da testa com um lenço de seda. Aquela audiência estava começando a deixá-lo muito tenso.

Calados, os súditos esperaram até o rei Alfonso se recompor e prosseguir:

— Vocês não estão entendendo o que eu digo porque é muito complicado. Mas o que importa é que eu entenda, pois é para isso que sou rei. Bem, minha primeira decisão eu já comuniquei a vocês; a segunda é a seguinte: é preciso fazer alguma coisa.

— É preciso fazer o quê, Majestade? — perguntou Lucas, com toda a prudência.

— Vou explicar — disse o rei. — Os Es-Uni-de-Lu-e-de-Nova-Lu estão em perigo.

— Os... o quê? — perguntou Lucas.

— Os Es-Uni-de-Lu-e-de-Nova-Lu. É uma abreviação, pois em linguagem governamental empregam-se muitas abreviações. Ela significa "Os Estados Unidos de Lummerland e de Nova-Lummerland".

— Ah, bom. E por que eles estão em perigo? — perguntou Lucas.

O rei explicou: — Ontem, o barco postal bateu de encontro à ilha de Nova-Lu, porque estava muito escuro. Antigamente, o barco postal aparecia por aqui só de vez em quando, mas, desde que estabelecemos relações diplomáticas com Mandala, o tráfego de navios aumentou muito. Quase todos os meses, chega à nossa ilha o navio oficial de meu caro amigo Pung Ging, o Imperador de Mandala. Não dá nem para imaginar o que aconteceria se na escuridão ele batesse contra uma de nossas ilhas. Por isso, decidi que alguma coisa precisa ser feita.

— Muito bem! — aplaudiu o senhor Colarinho. — Foi uma decisão muito sábia. Viva o nosso adorado rei! Viva! Viva!

— Um momento — disse Lucas, meio pensativo. — Majestade, o senhor ainda não disse o que precisa ser feito.

— Meu querido Lucas — disse o rei, em tom de repreensão —, foi exatamente para tentar descobrir isso que reuni vocês. Afinal, não posso fazer tudo sozinho. Além do mais, já tive muito trabalho para tomar essas duas decisões, vocês hão de compreender.

Lucas pensou por alguns instantes e sugeriu:

— Que tal se a gente construísse um farol?

— É uma idéia magnífica — disse o senhor Colarinho. — Teria que ser um farol bem alto, para que os navios pudessem avistá-lo de bem longe.

Preocupado, o rei acrescentou: — Resta saber onde iríamos colocar um farol tão grande. Afinal, sua base teria de ser bem larga para ele não cair. E não temos espaço para uma torre tão alta e tão volumosa.

— Tem razão — concordou Lucas. — Precisamos

inventar um farol que seja o maior possível e que não ocupe muito espaço.

Ficaram todos atônitos, um olhando para a cara do outro.

— Não existe nada com essas características. Uma coisa ou é grande ou é pequena. Está provado cientificamente que não pode ser grande e pequena ao mesmo tempo — disse o senhor Colarinho.

Preocupado, o rei Alfonso Quinze-para-Meio-Dia suspirou: — Mas eu já decidi. E um rei não pode voltar atrás em suas decisões. Decisão é decisão, e não posso permitir que não seja cumprida!

— Mas, se é impossível cumpri-la, o mais sensato é deixá-la de lado — disse a senhora Heem, tentando acalmar o rei.

— Isso é terrível! — disse o rei, muito confuso. — Em linguagem governamental isto se chama crise, quase a mesma coisa que revolução.

— Que horror! — replicou o senhor Colarinho, já um pouco pálido. E prosseguiu: — Majestade, permita-me dizer, em nome de todos os seus súditos, que nesta revolução estamos todos, sem exceção, do lado de Sua Majestade.

— Muito obrigado! Muito obrigado! — respondeu o rei Alfonso Quinze-para-Meio-Dia, fazendo um gesto cansado. — Obrigado, mas isso não adianta nada, pois a crise continua. Oh, o que fazer?

— Eu sei o que fazer! — disse Jim, sem ninguém esperar.

Todos os olhares voltaram-se para ele, e da testa do rei Alfonso desapareceram as rugas de preocupação. Com a voz cheia de esperança, o rei perguntou: — Vocês ouviram o que eu ouvi? Ele sabe o que fazer! Com a palavra o meio-súdito Jim Knopf!

Entusiasmado, Jim começou: — Será que a gente não poderia... bem, será que a gente não poderia trazer o senhor Tor Tor para Lummerland e usá-lo como farol? Ele só ocupa um pouquinho de espaço e de longe ele parece uma torre enorme. Se de noite ele se sentar sobre o pico mais alto com uma lanterna na mão, de longe vai dar para vê-lo. E se a gente construir uma casinha para ele em Nova-Lummerland, ele poderá ficar morando lá. Assim ele também não ficará mais sozinho.

Por alguns instantes, ninguém disse nada. Estavam todos confusos. Finalmente, Lucas tomou a palavra:

— Jim, meu velho, é uma idéia e tanto!

— Mais do que isso, é... é genial! — completou o senhor Colarinho, com o indicador em riste.

— É o melhor plano que eu já ouvi — disse Lucas, estendendo para Jim a mão suja de fuligem. Alegres, os dois amigos trocaram um entusiasmado aperto de mão. A princesinha não pôde se conter de tanta alegria: pulou no pescoço de Jim Knopf e deu-lhe um beijo. A senhora Heem, quase explodindo de tanto orgulho, não parava de repetir:

— Esse menino... esse menino tem cada idéia!

O rei Alfonso ergueu a mão para pedir silêncio; e quando as vozes se calaram ele declarou solenemente:

— A crise no governo está terminada!

— Viva! Viva! Viva! — gritava o senhor Colarinho, acenando com o chapéu.

— Antes de decidir, preciso saber de mais uma coisa — disse o rei Alfonso. — Segundo Lucas e Jim, esse senhor Tor Tor é um gigante de mentira, não é?

— É. Verifiquei isso com meus próprios olhos — disse Jim.

— Muito bem. E ele mudou-se para o Fim do Mundo, o deserto, para ninguém mais se assustar com ele, certo?

— Certo. Mas ele é uma pessoa muito boa e muito simpática — disse Jim.

— Acredito, acredito... mas se ele vier morar aqui conosco, será que a gente não vai ter medo dele? Naturalmente, só estou pensando no bem-estar dos meus súditos...

Então Lucas tomou a palavra.

— Majestade, quanto a isso o senhor não precisa se preocupar. Por sorte, Lummerland é tão pequena, que não dá para ver o senhor Tor Tor de muito longe. E de perto ele parece uma pessoa perfeitamente comum, como o senhor, ou eu. Só os navios é que poderão vê-lo de longe. E é exatamente nesse caso que será útil essa característica de parecer grande à distância, principalmente à noite, pois ele funcionará como farol.

— Se é assim, decido solenemente, nesta oportunidade, que seja trazido o senhor Tor Tor — disse o rei Alfonso Quinze-para-Meio-Dia.

Voltando-se para Jim, Lucas disse: — Muito bem, meu velho, vai começar tudo de novo!

— Certo! — respondeu Jim, e um sorriso se abriu em sua boca, mostrando todos os seus dentes brancos.

— Ah, meu Deus do céu! — disse a senhora Heem, colocando as mãos na cabeça, pois ela sabia muito bem o que tudo aquilo significava. — Vocês não estão pensando em se meter de novo naquelas aventuras perigosas, estão?

Lucas respondeu, sorrindo: — Querida senhora Heem, isso é inevitável. Duvido muito que o senhor Tor Tor decida, sozinho, mudar para Lummerland.

— A audiência está terminada — anunciou o rei.

Cumprimentou com um aperto de mão todos os seus súditos, também o carteiro, e todos deixaram o palácio. Quando se viu sozinho, o rei Alfonso Quinze-para-Meio-Dia deixou-se cair no trono acolchoado com um suspiro de alívio. Todas aquelas decisões, e mais a crise no governo, tinham-no deixado realmente esgotado. Enquanto fechava os olhos para um gostoso e merecido cochilo, um sorriso de satisfação desenhou-se em seus lábios.

Capítulo três

onde tem início uma outra grande viagem rumo ao desconhecido

Quando todos voltaram a se reunir na cozinha da senhora Heem, o carteiro disse: — Vejo que todas as cartas já foram respondidas. Também já está resolvida a questão do farol. Portanto, posso prosseguir viagem.
— Para onde o senhor vai agora? — perguntou a senhora Heem. — Se fosse para Mandala, poderia dar uma carona para Lucas, Jim e Li Si. Eu ficaria mais tranqüila se soubesse que estão viajando junto com o senhor.
O carteiro respondeu: — Eu teria um enorme prazer em levá-los comigo, mas por um bom tempo não vou passar nem perto de Mandala. Primeiro preciso ir até as ilhas Canárias para entregar algumas cartas e buscar alguns canarinhos que querem ir juntar-se a seus parentes nas planícies do Harz.
— Então a gente bem que podia viajar com a Ema... como da outra vez... — disse Jim. — O que você acha, Lucas?
— Por mim tudo bem — respondeu Lucas. E, pensativo, acrescentou: — Resta saber se Li Si estaria de acordo em viajar na locomotiva.

— É mesmo... — concordou Jim, e olhou para Li Si querendo saber o que ela pensava.

A princesinha estava num dilema cruel. Por um lado, bem que gostaria de viajar pelo mar dentro da locomotiva; mas, por outro, ela tinha medo de enfrentar uma viagem como essa. E se eles tivessem que passar por uma tempestade e ela ficasse enjoada? E se uma baleia enorme engolisse a locomotiva com todos os seus tripulantes? E se Ema estivesse furada e afundasse?

De repente, milhares de coisas terríveis começaram a passar pela cabeça da princesinha. Por isso, ela respondeu:

— Na verdade eu não queria voltar agora para Mandala. Sabem, minhas férias ainda não acabaram.

— Isso mesmo! — disse a senhora Heem. — Fique mais um pouco por aqui, Li Si. Se você ficar, terei alguém para me fazer companhia e para me ajudar na mercearia.

O carteiro colocou todas as respostas no seu enorme saco de correspondências. Jim e Lucas acompanharam-no até a praia. Despediram-se dele, e o carteiro partiu. Quando o barco postal sumiu no horizonte, Lucas e Jim voltaram para a pequena estação ferroviária, para verem Ema e Molly.

Jim deu um tapinha amigo na caldeira de sua pequena locomotiva, depois virou-se para Lucas, que sorria, e disse: — Ela já cresceu um pouquinho de anteontem para cá, você não acha?

— É, ela está se desenvolvendo muito bem — disse Lucas, com o cachimbo entre os dentes. — Mas o que vamos fazer com Molly enquanto estivermos viajando com Ema?

— Você não acha que poderíamos levá-la? — perguntou Jim.

— Você é quem resolve, Jim. Afinal, essa locomotiva é sua — respondeu Lucas. — Mas você sabe que muitos perigos nos esperam; e Molly ainda é um pouco jovem demais.

Jim suspirou. Era uma decisão difícil. Depois de pensar um pouco, ainda hesitante, o garoto observou:

— Mas talvez seja bom ela se acostumar com aventuras.

— Bem, então vamos levá-la — disse Lucas.

— Quando partimos? — perguntou Jim.

Lucas olhou para o céu, para ver as condições do tempo. O vento suave, que soprava desde o meio-dia, desfazia aos poucos os emaranhados de nuvens carregadas. Aqui e ali dava até para ver um pedacinho de céu azul.

— Vamos ter uma noite muito estrelada — explicou Lucas, que entendia muito bem dessas coisas. — O vento está favorável: nem fraco, nem forte demais. Acho que devíamos aproveitar tudo isso e partir esta noite mesmo. Você concorda?

— Claro, Lucas! — disse Jim.

— Muito bem, então vamos aos preparativos — disse Lucas.

E foi o que fizeram. Enquanto Lucas providenciava estopa e breu para calafetar as duas locomotivas, Jim foi contar à senhora Heem o que tinham decidido. Enquanto arrumava a mochila de Jim, ajudada por Li Si, a senhora Heem não parava de suspirar. Foi colocando tudo lá dentro: roupas quentes para o garoto não se resfriar, dez lenços para ele poder assoar o nariz à vontade, sabonete, bucha e escova de dentes. A senhora Heem já ia se esquecendo da caixa de jogos, tão importante para quem ia ficar tanto tempo viajando. Ainda bem que Li Si se lembrou desse detalhe no último minuto.

Jim deixou as duas arrumando sua mochila e voltou para a estação. Enquanto Lucas calafetava Ema, ele fazia o mesmo com Molly. Como da primeira vez que tinham viajado a Mandala, as portas da cabine do maquinista foram bem fechadas e cada fresta calafetada com estopa e breu, para não entrar nem uma gotinha de água. Depois foi a vez de esvaziar toda a água da caldeira, para que as duas locomotivas pudessem flutuar como garrafas vazias. Por fim, Jim ajudou Lucas a fixar o mastro sobre a cabine de Ema. Feito isso, os dois içaram a vela. Molly não tinha mastro; para ela não se perder, a pequena locomotiva seria rebocada pela mãe com a ajuda de um cabo bem seguro.

Já começava a anoitecer quando os dois amigos terminaram os preparativos. Lavaram bem as mãos sujas de breu, e para isso usaram um sabão especial para maquinistas. Depois foram até a pequena cozinha da senhora Heem, e lá jantaram confortavelmente. Enquanto a mesa era posta, Jim correu até o quarto e vestiu seu macacão de maquinista e o boné. Durante o jantar, o menino não conseguia parar quieto na cadeira. Mal tocou na comida, tão excitado estava com a viagem.

— Jim, meu querido, a comida vai esfriar. Você vai acabar ficando com dor de estômago — dizia a senhora Heem.

Fora isso, ela não dizia mais nada. Aquela viagem que estava para começar enchia de preocupações o seu coração.

Durante todo o tempo, a princesinha não disse uma única palavra. Com o rosto cada vez mais pálido, não tirava os olhos de cima de Jim, preocupada, e às vezes seus lábios tremiam um pouco. E se nunca mais visse Jim? O que seria dela se acontecesse alguma coisa de ruim com ele? Li Si ainda se lembrava de quando Jim a tinha libertado, junto com as outras crianças, das garras do dragão, e de como ele enfrentava com coragem e sangue frio o maior dos perigos.

Depois do jantar, todos foram até a estação, onde as duas locomotivas já estavam prontas para a grande viagem. O vento já tinha enchido a vela sobre a cabine do maquinista de Ema. Molly estava atrás dela, unida à mãe por uma corda comprida e grossa. Lucas entrou pelo buraco de alimentação de carvão, passou por dentro do tênder e chegou ao interior da cabine de Ema, onde acomodou a mochila de Jim, alguns cobertores quentes, a caixa de jogos e algumas outras coisas. Por precaução, desta vez ele resolveu levar um remo... para o caso de precisarem. É claro que a senhora Heem também tinha preparado um pacote cheio de pãezinhos com manteiga e uma dúzia de ovos duros. Tudo isso Lucas acomodou na cabine. Em seguida, os dois amigos empurraram Ema cuidadosamente para a praia e para dentro da água. Atrás dela, Molly também entrou na água — Tchibum! — Depois prenderam a locomotiva à margem com a ajuda de uma amarra.

Foi quando apareceu o rei Alfonso Quinze-para-Meio-Dia, seguido pelo senhor Colarinho. O rei apertou a mão de Lucas e de Jim, dizendo:

— Caríssimos súditos! Estou profundamente emocionado. Nem imaginam o quanto! Estou tão emocionado, que não consigo dizer mais nada. Perdoem-me, se me calo. Só quero dizer-lhes uma palavrinha antes de sua partida para essa viagem: os Estados Unidos de Lummerland e de Nova-Lummerland estão muito orgulhosos de vocês. Façam-se dignos de toda essa honra!

Depois desse pequeno discurso, o rei tirou seus óculos embaçados e os limpou com um lenço de seda.

A senhora Heem abraçou Jim, deu-lhe um beijo e disse: — Jim, meu querido, seja muito prudente e cuide bem de si mesmo, ouviu bem?

E começou a chorar. Li Si também não conseguiu mais se controlar; abraçou Jim com toda a força e, soluçando, disse:

— Jim, meu amor, volte logo! Por favor, voltem logo, vocês dois! Tenho tanto medo...

Por fim, o senhor Colarinho declarou:

— Nessa oportunidade, gostaria de endossar expressamente o pedido formulado pelas duas honradas damas!

Dizendo isso, tirou o lenço do bolso e assoou o nariz, só para disfarçar o quanto estava emocionado com aquela despedida. Soltando gordas baforadas de fumaça, Lucas resmungou:

— Não se preocupem. Já enfrentamos coisas bem piores. Jim! Venha, meu velho, está na hora!

E saiu patinhando pela água rasinha, até chegar à locomotiva. Jim seguiu-o e pulou atrás do amigo para a cabine do maquinista. Soltaram as amarras, a vela se encheu de vento, o mastro rangeu, e a estranha embarcação pôs-se em movimento, rebocando sua locomotiva-filhote.

Os que ficaram não paravam de abanar seus lenços e de gritar: — Até breve! Tudo de bom! Cuidem-se! Boa viagem e voltem logo!

Lucas e Jim também ficaram acenando, até que Lummerland, com suas duas montanhas irregulares, desapareceu na linha do horizonte.

O sol poente refletia-se no mar que se abria aos dois navegantes e desenhava uma estrada dourada e brilhante. Por essa estrada, as duas locomotivas flutuantes seguiam seu caminho.

Lucas colocou o braço no ombro do amigo, e os dois contemplaram aquele rastro de luz que levava para bem longe, para países e continentes desconhecidos.

Capítulo quatro

onde os viajantes conhecem uma figura curiosa, que os leva para um pequeno passeio no Mar da Barbaria

Sob um céu estrelado, os dois viajantes conversavam, sentados no teto de sua Ema flutuante.

— Estou curioso para saber o que o senhor Tor Tor vai dizer quando chegarmos lá. Será que ele vai ficar contente? — perguntou Jim.

— Aposto que sim — disse Lucas, sorrindo. — Resta saber como é que vamos chegar até onde ele mora.

Com cara de espanto, Jim observou: — É mesmo... Não dá para atravessar o Vale do Crepúsculo, pois a última vez que passamos por lá ele ficou soterrado debaixo de um monte de entulho. Sabe que eu não tinha pensado nisso?

— Pois é... — resmungou Lucas, soltando algumas baforadas de seu cachimbo. — Aí é que está o problema... Bem, mas daqui não dá para decidir o que fazer. Primeiro acho melhor a gente seguir até onde for possível. Depois a gente pensa no que fazer. Deve haver um jeito de chegarmos até ele.

— Também acho — concordou Jim.

Calados, os dois viram a lua cheia aparecer e cobrir o mar inteiro com sua luz prateada. Sobre as ondas, o vento agitava fiapos de neblina, transformando-os em figuras curiosas que ficavam bailando no ar.

— Bom dia — disse de repente uma vozinha suave, que mais parecia o barulho de uma onda. — Ou melhor, boa noite!

Espantados, Lucas e Jim olharam ao seu redor, mas não conseguiram ver ninguém. Então Lucas perguntou:

— Quem está aí? Não estamos conseguindo ver ninguém.

— Mas eu estou aqui... — disse a vozinha, agora bem de perto. — Vejam... estou acenando para vocês.

Os dois amigos forçaram a vista e começaram a percorrer com os olhos todo o espaço ao seu redor. De repente, Jim viu uma mãozinha acenando do meio das ondas e mostrou-a para Lucas. Foi então que os dois puderam ver claramente uma garotinha muito graciosa, mais ou menos do tamanho do braço de Jim. Ela tinha o rosto muito bonito, mas tinha os olhos um pouco grandes demais, a boca um pouco larga demais e o narizinho um pouco arrebitado demais. Sua carinha lembrava um pouco um peixe. Seus cabelos prateados pareciam brotar da cabeça como grama e, do quadril para baixo, ela tinha um rabo de peixe. O mais incrível é que aquela sereiazinha (nossos amigos perceberam imediatamente que se tratava de uma sereia) era quase totalmente transparente; era como se o seu corpinho fosse feito de ambrósia verde. Por isso era tão difícil distingui-la da água.

— Boa noite — respondeu Lucas, amavelmente. — Que lindo rabo de peixe a senhorita tem!

— Gosta? — perguntou a sereia toda lisonjeada.
— Muito! — respondeu Lucas, cordialmente. — É o rabo de peixe mais lindo que já vi numa sereia.

A sereia soltou uma risadinha deliciosa, que soava como as borbulhas das pequenas ondas que se quebravam nas praias de Lummerland. Depois, curiosa, falou:

— Desculpem a pergunta, mas vocês estão viajando? Vocês são náufragos?

— Oh, não — replicou Lucas, sorrindo. — Estamos iniciando uma longa viagem até Mandala, e para mais longe ainda.

— Entendo... desculpem a pergunta, mas que navio estranho é esse?

— Este navio chama-se Ema e não é um navio — respondeu Lucas, soltando nuvenzinhas de fumaça.

— E esse naviozinho que estamos rebocando chama-se Molly e também não é um navio — acrescentou Jim.

— Infelizmente não estou entendendo nada — disse a sereia, muito confusa. — Que navios são esses, que não são navios? Nunca vi nada parecido.

— Esses navios que não são navios na verdade são locomotivas — explicou Lucas, dando uma piscadinha para Jim.

— Ah, sei — disse a sereia —, são volomo... moloco... como foi que vocês disseram?

— Locomotivas! — repetiu Jim.

Curiosa, a sereiazinha aproximou-se mais um pouco e disse: — Desculpem a pergunta, mas o que é uma tolocomiva?

— Não precisa se desculpar... — disse Lucas, amavelmente. — Lo-co-mo-ti-va é uma coisa que tem rodas, anda na terra, e é movida por calor e vapor, deu para entender?

— Claro, claro — respondeu a sereia muito satisfeita. — Quer dizer que essa miloco... quer dizer, essa moloticoiso aí é uma espécie de navio a vapor, só que anda no seco, não é?

Achando graça, Lucas deu umas baforadas e disse: — Nada mal... é... é mais ou menos isso. A senhorita é muito inteligente, dona sereia.

Lisonjeada, a sereiazinha sorriu novamente e depois disse: — Então esse navio, que não é um navio, na verdade é um navio!

E bateu palmas de satisfação. É que os habitantes do mar vêem as coisas de um jeito meio unilateral; de certa forma, consideram tudo apenas do ponto de vista da água. Existem muitas pessoas que também são assim.

— E quem são vocês dois? — prosseguiu a sereia.

— Meu nome é Lucas, o maquinista, e este é meu amigo Jim Knopf, também maquinista. Ele é o dono da locomotiva pequena que estamos rebocando.

A sereia continuou: — Desculpem minha curiosidade, mas eu gostaria de perguntar uma coisa que é muito importante para nós, habitantes do mar. Por acaso vocês entendem alguma coisa de eletricidade, ímãs e coisas desse tipo?

— Bem, somos condutores de locomotivas a vapor — observou Lucas —, mas até que dá para entender alguma coisa de eletricidade...

— Que maravilha! — disse a sereia, radiante de alegria. — Preciso contar isso ao papai imediatamente. Por favor, esperem um pouquinho que eu já volto!

E ela sumiu. Mas nossos dois amigos mal tiveram tempo de se surpreender com o sumiço da sereia e ela já estava de volta à superfície da água.

— Não se assustem! É apenas o meu pai! — disse ela.

Ouviu-se um barulhão de água revolta; do fundo do mar subiram bolhas enormes como montanhas, que agitaram as águas próximas à locomotiva, fazendo Ema balançar perigosamente. Então apareceu uma cabeça enorme, gigantesca, que mais parecia a cabeça de uma baleia, e também era verde e transparente como a cauda da seria. Sobre o crânio calvo, totalmente coberto de conchas e algas marinhas, havia uma enorme coroa de cristal. Os olhos, amarelos e redondos como uma bola, eram saltados para fora e tinham a expressão misteriosa dos olhos de um sapo. De cima do lábio superior daquela boca indescritivelmente grande, saía um bigode comprido, como o de algumas espécies de peixe. Para resumir: era uma visão tão estonteante, que Jim não sabia se ria ou chorava. Como sempre, Lucas não deixava transparecer o quanto estava surpreso.

— Posso apresentá-los? — disse a sereia. — Muito bem: querido papai, este aqui é Lucas, o condutor de molocotiva, e seu amigo Jim Knopf. E este aqui — prosseguiu ela, voltando-se agora para os dois amigos — é meu pai, Lormoral, o rei deste mar.

Lucas tirou o boné em sinal de respeito.

A sereiazinha prosseguiu: — Papai, esses dois forasteiros entendem um pouco de eletricidade e de ímãs. É que eles são condutores de molocotivas.

— Muuuuito boooom — disse o rei do mar com sua voz grave e gutural. — Nesse caso, vamos imediatamente até o fundo do mar para ver qual é o problema lá embaixo.

— Sentimos muito, rei Lormoral, mas infelizmente não será possível — respondeu Lucas.

O rei do mar franziu a testa, ergueu as sobrancelhas do tamanho de uma trepadeira, e a expressão de seu rosto tornou-se ameaçadora.

— *Posso apresentá-los?* — *disse a sereia.*

— Por que não? — grunhiu ele, com uma voz de arroto de baleia.

— Porque senão a gente ia morrer afogado e não ia poder ajudar o senhor — respondeu Lucas, com toda a cordialidade.

— É verdade... — concordou o rei.

— Mas qual é o problema? — perguntou Lucas.

A sereiazinha meteu-se novamente na conversa:

— A luz do mar não está funcionando. Ela sempre funcionou direitinho, mas de um ano para cá parece que há algo errado.

— Pooois é — concordou o rei, com aquele som de arroto. — Que coisa mais chata! E hoje deveria haver uma grande festa de luzes em memória do meu tatatatataravô, Gurumuch. Foi sob seu reinado que foram construídas as instalações das luzes marinhas.

— Primeiro preciso saber de algumas coisas — disse Lucas. — De onde vinha a luz que iluminava o mar?

— Nunca me preocupei com esses detalhes — grunhiu o rei do mar, mal-humorado. — Simplesmente havia luz, e agora não há mais.

A sereiazinha meteu-se na conversa de novo:

— Gurgula, minha tia-bisavó, chegou a conhecer o velho rei Gurumuch pessoalmente, e ela me dizia que a força da luz do mar vinha de um enorme ímã.

— E onde se encontra este ímã, senhorita? — perguntou Lucas.

— No Mar da Barbaria — respondeu a sereia, meio constrangida. — A gente nem gosta de falar nele e evita nadar até lá, pois é uma região muito sinistra.

— Fica longe daqui? — perguntou Lucas. — Estou perguntando porque temos uma coisa muito importante para fazer e não podemos perder muito tempo; mas, se não for demorar muito, a gente podia dar uma olhadinha nesse ímã.

Contente, a princesinha do mar observou: — Se vocês quiserem, posso emprestar-lhes minhas seis morsas preferidas. São as morsas de sangue mais puro em todo o oceano, e até agora venceram todas as corridas aquáticas de que participaram. Se vocês as atrelarem à sua embarcação, elas poderão levá-los até o ímã, trazê-los de volta, ou levá-los para onde quiserem com a velocidade do vento. Vocês não perderiam tempo. Ao contrário: ganhariam!

— Ótimo! — disse Lucas, sorrindo. — Se é para lhes fazer um pequeno favor, não vejo por que não dar um pequeno passeio até o Mar da Barbaria.

— Boooom! — arrotou o rei Lormoral, com uma voz que parecia vir das mais profundas profundezas. Depois, sem se despedir, submergiu novamente, deixando atrás de si bolhas enormes. Mais uma vez Ema balançou perigosamente.

Com a mão na frente da boca para ninguém mais ouvir, a princesinha do mar comentou: — Desculpem, mas às vezes o meu pai não é muito educado. É que ele já está com sessenta mil anos, vocês compreendem; além disso, de uns tempos para cá ele vem sofrendo de queimação no estômago. Para um habitante do mar, qualquer tipo de "queimação" é muito desagradável.

— Posso imaginar — concordou Lucas. — Sessenta mil anos é uma idade bastante avançada.

A princesinha acrescentou: — Antes, quando ele ainda não sofria de nada, era o habitante marinho mais encantador que se possa imaginar.

— Agora é a senhorita — replicou Lucas. Mais uma vez a princesinha soltou uma risada estridente e molhada, e suas maçãs do rosto ficaram verdes, como as nossas ficam vermelhas quando estamos encabulados.

Capítulo cinco

onde Lucas e Jim ficam sabendo do Cristal da Eternidade

Nesse meio tempo, a uma certa distância dali, apareceu uma outra criatura daquelas águas. Era um homem de olhos arregalados e cara de bobo, que mais parecia uma carpa. Ele vinha puxando seis morsas presas a rédeas bem compridas. Ao verem a sereia, as morsas começaram a resfolegar alegremente e a bater suas barbatanas na água.

— Princesa Sursulapitchi! — gritou ele, com uma voz aguda e estridente. — Aqui estão as seis morsas!

— Muito obrigada, Wutchel! — respondeu a princesa. — Por favor, atrele-as a essa estranha embarcação!

Virando-se para os dois amigos, ela prosseguiu:

— Wutchel é o encarregado do estábulo e tem sob sua responsabilidade todos os animais de montaria, desde o menor cavalo marinho até a maior morsa.

Enquanto Wutchel, o encarregado do estábulo, atrelava à locomotiva as seis morsas puro-sangue, Jim e Lucas, a conselho da sereia, baixaram a vela. Eles a dobraram e a guardaram na cabine do maquinista.

Depois de prontos os preparativos, o senhor Wutchel perguntou: — Serei eu o cocheiro, princesa Sursulapitchi?

— Não. Eu mesma conduzirei as morsas. Muito obrigada, meu caro Wutchel. — respondeu ela.

— Não há de quê! — apitou o senhor Wutchel, e desapareceu nas profundezas.

A princesa Sursulapitchi sentou-se na dianteira da locomotiva e tomou as rédeas.

— Segurem-se bem! — avisou a sereia a nossos amigos. Em seguida, foi só ela dar dois estalos com a língua e as seis morsas puro-sangue partiram.

A velha Ema saiu deslizando sobre a água a uma velocidade de tirar o fôlego. De sua proa, uma espuma branca abria-se para a esquerda e a direita, formando grandes arcos. Atrás dela, a pequena locomotiva dançava ao sabor das ondas.

Depois de algum tempo, a sereiazinha veio até o teto da cabine do maquinista para sentar-se perto de Lucas e Jim, com quem já estava bastante familiarizada. As seis morsas eram animais tão bem treinados, que sabiam exatamente em que direção seguir e a que velocidade, sem ninguém precisar conduzi-las.

— Vocês devem estar admirados por não haver, em todo o oceano, ninguém que saiba lidar com a iluminação marítima, não é mesmo? — perguntou a sereia.

— Estamos, sim. Como é possível uma coisa dessas? — perguntou Lucas. — Antigamente deve ter havido um especialista nessas coisas, não é?

— É... nós tínhamos um especialista — suspirou a princesa Sursulapitchi. — Mas imaginem só quanta coisa precisa ser vistoriada e mantida em ordem: todos os peixes-vagalumes, as flores incandescentes e os rochedos brilhantes, que têm de iluminar o fundo do mar, onde não chega nenhum raiozinho de sol. Infelizmente, porém, nosso especialista nesses assuntos não se encontra por aqui no momento. Ele se chama Uchaurichuum. Por acaso vocês o conhecem?

— Infelizmente não — respondeu Lucas.

— Ah, mas ele é um ondino lindo — disse a sereia, sonhando acordada. — Tem mais ou menos a minha idade: uns dez mil anos.

— Não me diga, senhorita... tão novo assim? — perguntou Lucas.

— É ... ele é incrivelmente inteligente — disse a sereia.

— Por favor, eu gostaria de saber o que é um ondino — perguntou Jim, meio acanhado.

— Então vocês não sabem? — observou a sereia muito surpresa. — Bem, um ondino é um gênio das águas... mais ou menos como eu, só que sem o rabo de peixe, é claro.

— Ele deve ser lindo, mesmo — disse Lucas.

— Se é... — sibilou a sereia, toda feliz e sorridente. — Ele é tão elegante... e muito inteligente também! Acho que a inteligência dele vem de seu parentesco com os animais marinhos. Vocês sabem, as baleias, os golfinhos e as tartarugas, por exemplo, são animais extremamente inteligentes.

— Onde é que ele está agora? — perguntou Lucas.

A sereia suspirou, desanimada: — É uma história muito triste. A culpa é do meu pai. Uchaurichuum é meu noivo, e meu pai disse que ele só poderá casar-se comigo se conseguir passar por uma prova. Mas é uma prova muito difícil. Acho que não existe no mundo ninguém capaz de passar por ela. Ao se despedir de mim, meu noivo disse que estaria de volta no máximo dentro de uns duzentos ou trezentos anos. Só que já se passaram mais de quatrocentos e ele ainda não voltou. Nesse tempo todo não me mandou nem uma cartinha. Pode ser até que ele já tenha morrido há muito tempo.

A sereia desatou a chorar e a soluçar... era de cortar o coração. As sereias são criaturas aquáticas; quando elas choram, não derramam só algumas lágrimas, como os seres humanos. Dos olhos de Sursulapitchi não rolavam gotas, mas verdadeiros rios de lágrimas. Era como se ela fosse uma esponja cheia de água, e que alguém a estivesse espremendo. Os dois amigos ficaram muito tristes em vê-la tão aflita. Tentanto consolá-la, Lucas comentou:

— Ora, senhorita, ele vai voltar, sim. Mas, diga-me uma coisa, que prova tão difícil é essa que o rei Lormoral impôs ao seu noivo?

— Meu noivo terá de produzir o Cristal da Eternidade — explicou a sereia, sempre chorando.

— Produzir o quê? — perguntou Jim.

— O Cristal da Eternidade — repetiu Sursulapitchi. — É um tipo todo especial de cristal, de rigidez absoluta, que nunca se quebra. Qualquer pessoa pode tentar forjá-lo na bigorna, ou dar quantas marteladas quiser, que não conseguirá quebrá-lo. No entanto ele é cristalino e transparente como a água mais pura. Vocês repararam na coroa que estava na cabeça do meu pai? Pois ela é feita desse Cristal da Eternidade e existe desde que o mar é mar. Foi feita há muito tempo, por um grande artista marinho, e continua tão bonita e imaculada como naqueles tempos imemoriais.

— Ah, bom... — disse Jim, com os olhos arregalados de admiração. — E do que é feito esse cristal?

— Quem conhece o segredo pode transformar

qualquer metal, ferro, chumbo, prata ou qualquer outro, em Cristal da Eternidade. Mas sempre deve existir apenas uma criatura no reino que conheça o segredo. Só quando essa criatura está para morrer é que ela nomeia um sucessor e lhe diz ao ouvido como se obtém esse maravilhoso cristal.

Pensativo, Lucas observou: — Então Uchaurichuum talvez ainda tenha que esperar muito tempo até conseguir tomar posse do segredo.

— Não, não — replicou a sereia. — Meu noivo é o atual conhecedor do segredo. Ele obteve esse conhecimento maravilhoso de um velho mestre das profundezas.

Confusos, os dois amigos se olharam.

— Então está tudo bem! — exclamou Lucas.

A sereiazinha suspirou: — Estaria, se o problema fosse só esse. No nosso reino sempre houve alguém que possuía o segredo; no entanto há mais de mil anos não se produziu nenhum Cristal da Eternidade. Sozinho, nenhum ser aquático é capaz de obter o Cristal. Sempre será preciso trabalhar junto com outro ser, que seja do reino do fogo. Houve uma época em que mantínhamos relações de amizade com os seres do fogo. Mas isto foi há muito, muito tempo. Ninguém se recorda de quando irrompeu essa guerra entre os dois reinos; de qualquer forma, atualmente existe um clima de grave hostilidade entre os dois. Desde então, nunca mais se produziu nenhum Cristal da Eternidade.

— Ahá! Quer dizer que Uchaurichuum está procurando alguém do reino do fogo que esteja disposto a negociar a paz? — indagou Lucas.

— Isso mesmo — respondeu a princesa Sursulapitchi. — Há mais de quatrocentos anos! E quem me garante que ele não terá de procurar por mais uns dez mil? É tão difícil superar uma inimizade tão grande e tão antiga...

— Posso imaginar... principalmente quando todos já se acostumaram a conviver com ela — observou Lucas.

Enquanto conversavam, o céu e o mar tinham mudado de aparência. A água tornara-se mais escura e sinistra, e o céu cobrira-se com grossos farrapos de nuvens, de formas misteriosas. Só aqui e ali se vislumbrava o brilho de alguma estrela, e estava difícil a lua conseguir mostrar seu brilho por entre aquelas nuvens pesadas. O mar estava mais agitado, e o barulho das vagas maiores era intenso e ameaçador.

— Já estamos no Mar da Barbaria — explicou a sereia, observando com atenção à sua volta. — Logo vamos chegar ao grande ímã.

— Não é muito perigoso para Ema e Molly? — perguntou Jim, preocupado. — Quer dizer, elas são de ferro e pode ser que o grande ímã as atraia.

A sereia sacudiu a cabeça.

— Se ele estivesse funcionando, isso já teria acontecido. Antigamente, alguns navios perdidos chegaram a navegar por essas águas. E não tiveram salvação: foram atraídos por uma força irresistível e se despedaçaram de encontro ao ímã. Quando algum deles tentava se desviar para escapar a essa força, o ímã arrancava-lhe todos os pregos e componentes de ferro. O navio se desmontava e acabava afundando. Hoje, porém, todos os marujos sabem disso e evitam navegar por essas águas.

— Mas pode acontecer de algum navio perdido vir parar aqui — disse Jim.

— Pode, sim, só que agora não faz a menor diferença, já que o ímã não está funcionando — respondeu a sereia.

— É, mas... se a gente conseguir consertá-lo, vai

*— Já estamos no Mar da Barbaria — explicou a sereia,
observando com atenção à sua volta.*

voltar a ser como antes — insistiu Jim, muito preocupado.

A princesa foi obrigada a concordar: — É verdade. Nesse caso, todos os navios que viessem parar aqui estariam perdidos.

— Então é melhor deixá-lo quebrado como está e ir embora daqui! — disse Jim, já meio desesperado.

A princesa fitou-o com os olhos arregalados e murmurou:

— Então o mar nunca mais se iluminaria e nas profundezas reinariam as trevas eternas.

Confusos, os três se calaram e ficaram pensando. O que fazer? Tinham que escolher uma dessas duas possibilidades. Fosse qual fosse a decisão, alguém sairia perdendo. Finalmente, Lucas quebrou o silêncio e disse que o melhor seria primeiro observar as coisas mais de perto. Talvez houvesse outra solução, satisfatória para todos.

Não demorou muito para os viajantes conseguirem ver alguma coisa no horizonte escuro. Quando se aproximaram um pouco mais, e a lua apareceu por um momento entre as densas nuvens, conseguiram reconhecer dois rochedos enormes e irregulares, de ferro bem liso, que emergiam das águas escuras. Os contornos dos rochedos erguiam-se sinistros em direção ao céu.

Primeiro deram algumas voltas ao redor dos rochedos, até encontrarem uma superfície plana para aportarem a locomotiva.

Depois de terem empurrado Ema e Molly para o seco, os dois ajudaram a sereia a desatrelar as seis morsas, para elas poderem nadar um pouco e procurar algo para comer.

Enquanto a princesa do mar acomodava-se confortavelmente nas águas rasas próximas à borda dos rochedos, Lucas acendeu o cachimbo, deu algumas baforadas e disse a Jim:

— Muito bem, meu caro, vamos dar uma boa olhada nessas instalações elétricas.

— Certo, Lucas! — respondeu Jim.

Pegaram na locomotiva a caixa de ferramentas e a lanterna, que já tinham sido tão úteis na viagem anterior. Quando já estavam com tudo de que iam precisar, Lucas gritou para a sereiazinha: — Não tenha medo, senhorita. Não vamos demorar!

E puseram-se a caminho.

Capítulo seis

*onde os dois amigos descobrem o segredo de
Gurumuch, o primeiro rei do mar*

Por um bom tempo, Lucas e Jim ficaram subindo e descendo por aqueles recifes de ferro escarpados e angulosos. Eles mesmos não sabiam ao certo o que estavam procurando, mas tinham muita esperança de encontrar alguma coisa que os ajudasse a descobrir o defeito do ímã.

Jim conseguiu subir no patamar mais alto do recife, e iluminou o local com a lanterna.

— Ei, Lucas, acho que encontrei alguma coisa — disse ele, procurando não falar muito alto.

Lucas subiu até onde estava seu amigo. À luz da lanterna, deu para ver que ali havia um buraco em forma de pentágono. Parecia um alçapão que levava para o interior dos recifes de pedra.

Lucas examinou cuidadosamente o local ao redor da abertura.

Depois de algum tempo, disse: — Existem alguns sinais gravados aqui, só que não dá para entender nada. Além do mais, está tudo corroído pela ferrugem.

Tirou da caixa de ferramentas um pedaço de lixa

e começou a lixar cuidadosamente o local. Pouco a pouco a inscrição foi ficando mais clara. A primeira coisa a aparecer foram sinais que representavam dois raios, colocados de ambos os lados da inscrição.

— Parece uma espécie de alta tensão... provavelmente magnética — resmungou ele.

— É perigoso? — perguntou Jim.

— Acho que vamos descobrir logo — respondeu Lucas, continuando a lixar.

Finalmente, a inscrição ficou perfeitamente legível:

PERIGO!
ATENÇÃO! ATENÇÃO!
O GRANDE ÍMÃ DE GURUMUCH!
QUEM QUISER SONDAR MEU SEGREDO E DESCER ATÉ O FUNDO DEVE DEIXAR AQUI FORA TUDO O QUE FOR DE METAL, SENÃO AS RAÍZES O PRENDERÃO PARA TODO O SEMPRE!

— Ahá! Estamos mais próximos da coisa — exclamou Lucas, satisfeito. E ele leu a inscrição para Jim.

— Você acha que devemos deixar a caixa de ferramentas aqui fora? — perguntou Jim, preocupado.

— Acho... não é à toa que essa inscrição está aí — respondeu Lucas.

— Mas como vamos conseguir consertar o ímã sem as nossas ferramentas? — perguntou Jim.

— Primeiro precisamos dar uma olhada geral — disse Lucas.

— E a lanterna?

— Vamos deixá-la aqui fora também. Deve haver algumas velas na caixa de ferramentas. Vamos levá-las.

Lucas deixou seu canivete ao lado da caixa de ferramentas e Jim tirou o cinto, que tinha uma fivela de metal. Por último, Lucas tirou as botas, pois a sola era pregada com pregos; Jim não precisou tirar os sapatos, pois estava de tênis.

— Será que é muito fundo? — perguntou Jim a meia voz.

Lucas tirou um pequeno parafuso da caixa de ferramentas e atirou-o dentro da abertura. Demorou um tempo até os dois ouvirem, lá embaixo, o ruído do impacto.

— É bem fundo — resmungou Lucas, com o cachimbo entre os dentes. Acendeu duas velas, entregou uma a Jim e os dois se debruçaram na borda da abertura, iluminando com as velas as paredes internas. De um lado dava para ver alguns degraus gastos, que pareciam ser o início de uma escada em espiral.

— Vou descer — disse Lucas.

— Vou com você — disse Jim, decidido.

— Ótimo. Mas tome cuidado para não escorregar, Jim. Estes degraus estão lisos feito sabão! — disse Lucas, começando a descida.

Segurando a vela, e apoiando-se nas paredes internas com a outra mão, os dois foram descendo devagar, degrau por degrau, sempre em círculo.

O poço parecia não ter fim. O ar que vinha lá de baixo era pesado e cheirava a mofo. Pouco a pouco, o calor aumentava. A luz das velas tremulava.

Depois de já estarem descendo há um bom tempo sem dizer nada, Lucas resolveu quebrar o silêncio: — Acho que já devemos estar bem abaixo do nível do mar.

Antes ele não tivesse dito aquilo pois, só de imaginar onde poderiam estar, Jim sentiu-se terrivelmente mal. Por um momento, teve vontade de sair correndo dali, de subir depressa para onde havia ar; mas cerrou os dentes e resolveu ficar. Ali mesmo onde estava, sentou-se no degrau da escada e apoiou-se na parede do poço.

Algum tempo depois, lá de baixo, Jim ouviu a voz de Lucas: — Ei! Parece que estamos quase no fundo.

Jim conseguiu recompor-se e seguiu o amigo, que já estava no fundo do poço, examinando as paredes à luz da vela. Quando Lucas encontrou na parede uma abertura que levava a um corredor horizontal, acendeu o cachimbo na chama da vela, deu umas boas baforadas e disse: — Venha, Jim!

Os dois entraram na galeria subterrânea, e por algum tempo foram andando por curvas e sinuosidades. O calor tinha aumentado consideravelmente.

— Eu gostaria de saber por que aqui é tão quente... — disse Jim.

— Isso é normal, quando se está debaixo da terra — explicou Lucas. — Quanto mais a gente vai descendo, mais vai se aproximando do calor do centro da terra.

— Sei, sei... quer dizer que a gente está abaixo do fundo do mar? — murmurou Jim.

— Parece que sim... — Lucas respondeu.

Calados, os amigos continuaram andando, protegendo a chama da vela com a mão.

De repente o corredor chegou ao fim; os dois atravessaram um portal e saíram em um lugar ao ar livre. Pelo menos foi o que pensaram, a princípio; minutos depois, porém, puderam perceber, à luz fraca das velas, que estavam numa gigantesca gruta de estalactites. Mesmo na escuridão, dava para ver as paredes e colunas brilhantes, que se esgueiravam em todas as direções. No fundo erguia-se uma gigantesca torre de ferro. Em cima, ela desaparecia através da abóbada da gruta, e embaixo ia se alargando e se bifurcando em inúmeros cordões retorcidos, como raízes de uma árvore, através dos quais se firmava nos recifes.

— Aquilo ali na frente é o pé do outro recife... — murmurou Lucas.

Olharam à sua volta e se deram conta de que tinham acabado de sair de dentro de uma outra torre de ferro, do tamanho daquela que estavam vendo. Um condutor comprido de ferro estendia-se até o meio da sala de rocha; da outra torre saía uma outra ramificação, que vinha de encontro à primeira.

Quando Lucas e Jim chegaram ao meio da gruta, perceberam que as duas pontas dos condutores não se tocavam, como se eles tivessem sido cortados. No chão branco, bem no meio dos dois condutores, havia um buraco quase do tamanho de uma banheira.

Pensativo, Lucas observou: — Tudo indica que havia uma peça ligando esses dois condutores, e que alguém a tirou.

Depois aproximou a vela do local em que os dois

condutores deveriam se juntar, e novamente percebeu que havia alguma coisa escrita. Mais uma vez não dava para entender nada, pois era um tipo muito antigo de escrita, os chamados hieróglifos. Lucas levou um bom tempo para conseguir entender uma letra ou outra. Por fim, sacudiu a cabeça, pediu para Jim segurar sua vela, tirou do bolso uma caderneta de anotações e um lápis, e anotou pelo menos as letras mais legíveis, para poder ter uma idéia geral do que estava escrito.

Depois de esgotar várias cargas de fumo do seu cachimbo, Lucas chegou ao seguinte resultado:

(De um lado da folha:)

```
   O SEGR        SAB D RIA
 GU UM CH PRIM  O R I O MAR
QU M   DE COBR   NTEL GENT
LIEM   E PREG   POD ROS
```

(Do outro lado:)

```
  GRA DE FO Ç    DIA    NOIT
DO ME  SCO DID      FUNDO QUI L
SE AR DOS  FIO   CO TINU   SON
JU TOS  FO ÇA   ESPERT !
```

Ao ouvir Lucas ler em voz alta esses sons tão esquisitos, Jim disse, decepcionado: — Para mim isso aí não passa de um monte de rabiscos sem sentido.

Lucas discordou: — Não, meu velho, não são rabiscos, não. Sou capaz de apostar que são instruções de uso.

— Pode ser... mas o que significa tudo isso que você leu? — perguntou Jim.

— Por exemplo, essa palavra no final da primeira linha pode muito bem ser SABEDORIA, e a palavra que vem antes pode ser SEGREDO. Completando o que está escrito no começo da segunda linha dá para formar a palavra GURUMUCH. Depois vem REI DO MAR. Portanto, deve ser alguma como O SEGREDO DA SABEDORIA DE GURUMUCH, PRIMEIRO REI DO MAR.

Com os olhos arregalados de admiração, Jim disse: — Eu jamais teria descoberto isso.

— Vamos continuar — prosseguiu Lucas. — A terceira linha poderia ser completada da seguinte maneira: QUEM O DESCOBRE É INTELIGENTE. E a quarta linha está fácil: — QUEM O EMPREGA É PODEROSO.

— Lucas... você é mesmo... — disse Jim cheio de orgulho e admiração.

— Vamos com calma... — observou Lucas. — Agora a coisa complicou. Não tenho a menor idéia do que possam significar essas letras da linha seguinte. A única coisa que consigo entender são as duas últimas palavras, que parecem ser DIA E NOITE.

Mais uma vez Lucas encheu o cachimbo de fumo, acendeu-o, deu umas boas baforadas, e continuou pensando. Jim procurava ajudá-lo, dando sugestões que Lucas testava para ver se elas se encaixavam na frase.

Devagar e com paciência, os dois foram se aproximando da solução do enigma. Mais da metade das velas já tinha queimado, quando Lucas, satisfeito, disse:
— Agora está certo. Conseguimos, Jim!

E então ele leu para Jim a inscrição, que agora podia ser perfeitamente entendida:

ESTE É O SEGREDO DA SABEDORIA
DE GURUMUCH, PRIMEIRO REI DO MAR.
QUEM O DESCOBRE É INTELIGENTE;
QUEM O EMPREGA É PODEROSO.

A GRANDE FORÇA DO DIA E DA NOITE
DORME, ESCONDIDA NO FUNDO, AQUI E LÁ.
SEPARADOS OS FIOS, CONTINUA O SONO;
JUNTOS, A FORÇA DESPERTA!

Capítulo sete

onde Jim tropeça na solução do enigma e as velas se apagam

— Você sabe o que isso quer dizer? — perguntou Jim, sem entender nada.
— Vamos pensar um pouco — disse Lucas. — Você já viu desses ímãs comuns?
— Já... a senhora Heem tem um na mercearia. Parece uma ferradura — respondeu Jim, ansioso para ver onde tudo aquilo ia dar.
— Certo... cada ímã tem um lado dia e um lado noite; e por esses dois lados estarem juntos numa mesma peça é que ela é magnética. Só que este aqui não é um ímã comum.
Pensativo, Lucas deu uma longa baforada no cachimbo e prosseguiu: — No ímã de Gurumuch, a força fica escondida de cada um dos lados, enquanto as duas metades estiverem separadas. Mas se a gente "ligar" os dois recifes através desses fios, então a GRANDE FORÇA desperta. Jim, meu velho, este é um ímã muito especial!
— Ah... é um ímã que a gente pode ligar e desligar — disse Jim.

— Exatamente — concordou Lucas. Alguém deve ter tirado daqui a peça que liga os dois condutores. E agora precisamos encontrá-la.

Os dois puseram-se a procurar a peça. Só que dentro daquela gruta gigantesca, com aqueles inúmeros corredores e salões secundários, procurar aquela peça era como tentar achar uma agulha num palheiro; principalmente por que nossos amigos não tinham a menor idéia de como ela era. Além do mais, as velas já estavam quase no fim.

— Não vamos poder ficar muito tempo aqui embaixo, senão vamos acabar ficando no escuro — observou Lucas, preocupado.

Jim sentiu um calafrio percorrer a espinha, apesar de ali estar tão quente quanto dentro de um forno aceso. Os dois já tinham se distanciado bastante da entrada que levava à grande raiz dos recifes. Como dois pirilampos, Jim e Lucas moviam-se pela noite eterna daquele fantástico reino subsolomarinho. Se as velas se apagassem, eles nunca encontrariam o caminho de volta.

— Talvez fosse melhor a gente voltar agora mesmo — sugeriu Jim; nesse mesmo instante, porém, ele tropeçou em alguma coisa e caiu. Sua vela se apagou.

— Machucou? — perguntou Lucas, aproximando-se depressa.

— Não — respondeu Jim, já de pé. Lucas estendeu-lhe a vela acesa, e o menino acendeu a sua. Depois os dois iluminaram o chão para ver em que Jim tinha tropeçado. E viram uma coisa muito esquisita: uma espécie de cilindro de vidro muito transparente, que parecia um imenso rolo de macarrão. Por dentro do cilindro de vidro passava uma haste de ferro, que ia de uma ponta à outra.

Confusos, os dois amigos ficaram olhando aquela peça por alguns instantes.

— Minha nossa, Jim... se você não tivesse tropeçado nessa coisa, nós íamos ficar horas procurando. É o conector! — disse Lucas.

Jim sentiu-se muito orgulhoso de seu achado, embora aquilo tivesse acontecido por acaso. Lucas debruçou-se sobre o cilindro e analisou-o cuidadosamente.

— Parece que está em ordem — disse.

— Eu só queria saber quem o tirou do lugar e o colocou aqui — observou Jim.

Os dois fixaram suas velas na saliência de um rochedo, ergueram do chão o pesado conector e começaram e carregá-lo para o lugar onde se interrompiam os dois condutores. Eram obrigados a parar a cada metro para poderem respirar e limpar o suor que lhes escorria da testa. Dá para imaginar que o transporte levou um bom tempo. No entusiasmo, os dois amigos tinham esquecido completamente que as velas já estavam no fim.

Quando chegaram a um metro do lugar onde o conector seria colocado, pararam para descansar mais uma vez; e foi então que a luz fraca das velas começou a tremer.

— Elas vão se apagar!! — gritou Jim, com os olhos arregalados de medo. Ele quis sair correndo, mas Lucas segurou-o pela camisa.

— Fique aqui! As velas já queimaram até o fim, e não podemos fazer nada. Se você se afastar, é provável que a gente se perca um do outro nessa escuridão. Seja como for, precisamos continuar juntos.

Por mais um ou dois minutinhos, as chamas fracas ainda dançaram naquele canto isolado da gruta gigantesca. Depois diminuíram e se apagaram. Os dois amigos prenderam a respiração, e ainda ouviram um estalinho, antes que a escuridão total os envolvesse.

— Droga, droga, droga!!! — resmungou Lucas, entre os dentes, e sua voz ecoou nas paredes e pilares de pedra.

— O que vamos fazer agora? — perguntou Jim, com o coração saindo pela boca.

— Não se preocupe, meu velho, ainda tenho no bolso alguns palitos de fósforo para o caso de extrema necessidade. Vamos procurar de novo a escada em espiral. Só que, por precaução, preciso economizar estes palitos. Primeiro vamos recolocar o cilindro de vidro no lugar. Para isso não precisamos de luz.

Reunindo suas forças, os dois ergueram mais uma vez o pesado cilindro e o colocaram na depressão do solo entre os dois condutores.

— Conseguimos! — disse Lucas, no meio da escuridão. — Agora vamos voltar o mais rápido possível, para respirar ar puro.

— Pst! — sussurrou Jim. — Preste atenção, Lucas, não está ouvindo alguma coisa?

Os dois aguçaram os ouvidos, e puderam perceber um ruído esquisito: um ruído metálico, grave e sombrio. Vinha do interior da terra e ia ficando cada vez mais alto, fazendo tremer o chão, como se fosse a vibração metálica das badaladas de um relógio enorme.

— Lucas!! — gritou Jim procurando o amigo no escuro.

— Venha para cá, Jim — disse Lucas. Aproximou-se do amigo, colocou o braço sobre o ombro dele e os dois ficaram assim, abraçados, esperando pelo que ia acontecer.

De repente aquele barulho insuportável começou a diminuir de intensidade, até se transformar num sonzinho fraco, agudo e cristalino que se espalhou pelo ar, cada vez mais fraco e mais agudo. Ao mesmo tempo, porém, o cilindro de vidro que estava entre os dois condutores começou a irradiar uma maravilhosa luminosidade azul, que clareou toda a gruta.

Admirados, os dois amigos olhavam à sua volta. Todas as paredes e colunas da gruta de estalactites refletiam o brilho da luz azulada. Era como se fossem milhares e milhares de espelhinhos... até parecia o castelo da rainha da neve.

Então foi fácil para os dois encontrarem a saída para a grande raiz de ferro. Seguiram pelo corredor sinuoso e chegaram ao poço onde havia a escada em espiral. Nem ali Lucas precisou usar o fósforo, pois pelas paredes de ferro corriam pequenas ondas, como chamas azuladas, que se cruzavam com outras ondas e desapareciam.

A princípio, Jim teve medo dessa luminosidade, pois achava que se tocasse nas paredes ia levar um choque e morrer eletrocutado. Mas Lucas tranqüilizou-o.

— Não tem perigo — explicou ele —, não é energia elétrica. É fogo magnético, e ele é inofensivo ao homem. Chama-se fogo de santelmo.

Chegaram ao poço com a escada em espiral, que também estava iluminado pela misteriosa luz azul. Alegres, os dois puseram-se a subir a escada, Lucas na frente e Jim atrás.

Subiram um bom pedaço sem dizer uma palavra, e o fogo de santelmo, ao invés de diminuir, tornava-se cada vez mais intenso. Então Lucas observou:

— Esse ímã deve ser mesmo muito poderoso.

— Sim... eu gostaria de saber se as luzes do mar já estão funcionando — disse Jim.

*— Não tem perigo — explicou ele —, não é energia elétrica.
É fogo magnético...*

— Espero que sim — disse Lucas.

Degrau por degrau, os dois continuaram sua escalada em espiral. Quanto mais subiam, mais fresco o ar ia se tornando, pois o calor do centro da terra ia se distanciando.

Sãos e salvos, mas muito cansados, os dois chegaram à abertura do poço e saíram para o ar livre.

Olharam à sua volta e viram um espetáculo indescritível. O mar inteiro, antes escuro e sinistro, irradiava uma linda luminosidade verde, um verde tão lindo como só se encontra no arco-íris ou em algumas pedras preciosas. A crista das ondas grandes e pequenas parecia feita de incontáveis pontinhos de luz.

Lucas pôs o braço no ombro do amigo.

— Olhe só para isso, Jim — disse ele, baixinho, percorrendo a linha do horizonte com a haste de seu cachimbo. — As luzes do mar!

— As luzes do mar!! — repetiu Jim, embasbacado.

E os dois sentiram-se muito orgulhosos por terem conseguido fazê-las funcionar novamente.

Capítulo oito

onde muitas coisas ficam imóveis e nossos amigos são obrigados a passar uma noite muito desconfortável

Depois de terem se deliciado com o maravilhoso espetáculo das luzes do mar, Lucas e Jim resolveram ir ao encontro da sereia, que estava na água à beira dos recifes, para ouvirem a opinião dela sobre o conserto do ímã. Lucas enfiou os pés nas botas e já ia sair andando quando percebeu, espantado, que não conseguia mover os pés um milímetro sequer. Nesse meio tempo, Jim vinha tentando erguer a caixa de ferramentas. Mas ela parecia pesar milhares de toneladas. E quando o garoto quis pegar o cinto, a fivela estava tão grudada no recife, que parecia ter-se fundido com ele.

Por um momento, os dois amigos trocaram um olhar de quem não estava entendendo nada. Minutos depois, Lucas soltou uma gargalhada.

— Minha nossa, Jim, nós não pensamos nisso! Depois que a gente consertou o ímã, ele recobrou sua força magnética!

— E como! — completou Jim, puxando o cinto.
— O que vamos fazer agora? Não podemos simplesmente deixar nossas coisas aqui!

— É verdade... — disse Lucas, coçando atrás da orelha. — Você tem razão. Além do mais, não estou a fim de prosseguir viagem sem as minhas botas.

Assustado, Lucas interrompeu o que estava dizendo e, colocando a mão na testa, disse:

— Puxa vida! Nossas locomotivas!!

Arrancou os pés de dentro das botas imobilizadas e, descalço, desceu o mais depressa possível até a água. Jim seguiu atrás dele.

Ema e Molly estavam tão grudadas no recife, que pareciam brotar dele. Lucas não conseguia fazer com que elas se movessem, nem para frente nem para trás. Não dava para girar nem a menor rodinha das locomotivas. Tudo estava duro.

Jim e Lucas estavam justamente discutindo o que fazer, quando de repente, nas águas rasas próximas dali, surgiu a sereiazinha.

— Vocês foram fantásticos! — disse ela batendo palmas. — Sou muito grata a vocês, e quero agradecer também em nome de todos os habitantes do mar. Já viram que luminosidade? Não é simplesmente encantador? Quando vi, não pude resistir à tentação de dar umas braçadas por esse lindo Mar da Barbaria. Ah... meu pai vai ficar tão feliz! Agora ele vai poder realizar sua festa de luzes em homenagem a Gurumuch, nosso primeiro rei do mar. Vocês dois têm algum desejo que gostariam de ver realizado? Na certa o meu pai vai cobrir vocês de honrarias...

— Temos — disse Lucas, interrompendo o discurso eloqüente da sereiazinha. — Gostaríamos de poder sair daqui, cara senhorita.

— Mas é claro! — continuou a tagarelar a sereiazinha. — Vou chamar minhas morsas agora mesmo, e depois vou levá-los para onde vocês quiserem... Mesmo que desejem dar três voltas ao mundo!

Ela já ia saindo para procurar suas morsas, quando Lucas chamou:

— Um momento, senhorita, infelizmente a coisa não é tão fácil assim. Não conseguimos mover nossas locomotivas do lugar. O ímã recobrou sua força de atração, e nossas locomotivas não conseguem se desgrudar dele.

— Pelos deuses das profundezas! — disse a princesinha do mar. — Estamos bem arranjados! O que vamos fazer?

— É o que estamos nos perguntando há um tempão — resmungou Lucas. — Só podemos deixar os recifes se desligarmos novamente o ímã.

— Mas se fizerem isso as luzes do mar vão se apagar de novo! — gritou a princesa Sursulapitchi, ficando verde-clara de susto.

— Se a gente quiser sair daqui, não tem outro jeito — resmungou Lucas.

— E é claro que queremos sair daqui... — acrescentou Jim.

— Claro... é perfeitamente compreensível — disse a sereia. — Mas o que vamos fazer?

Depois de colocar fumo no cachimbo e de dar umas longas baforadas, Lucas disse: — Talvez haja uma saída.

— Qual? — perguntou Sursulapitchi, ansiosa.

Pensativo, Lucas explicou: — Precisamos encontrar alguém que fique aqui em nosso lugar e que ligue o ímã quando estivermos longe daqui.

— Eu não poderia fazer isso? — perguntou a sereia.

Os dois amigos sorriram.

— Creio que não, senhorita — respondeu Lucas.
— Lá embaixo é muito quente. Não acho que a senhorita iria agüentar uma temperatura daquelas.

— Meu noivo, Uchaurichuum — disse a princesa, toda saudosa. — Talvez ele pudesse... ele não é tão sensível como eu. Acho que é por causa do parentesco com as tartarugas.

— É possível... mas só Deus sabe onde ele está — disse Lucas.

— É, infelizmente... — sibilou a princesa Sursulapitchi, engolindo em seco.

Sem perder tempo, Jim perguntou: — Mas será que no oceano inteiro não existe ninguém que possa fazer isso por nós? Seria só a gente mostrar o que fazer.

— Talvez sim — disse a princesa, hesitante. — Preciso perguntar por aí.

— Ótimo! E será que vai demorar para termos uma resposta?

— Não muito... no máximo uns oitenta ou cem anos — respondeu Sursulapitchi.

Lucas então observou: — Minha cara senhorita, infelizmente não dispomos de tanto tempo assim. Mas tenho outra sugestão. Jim e eu poderíamos desligar o ímã agora mesmo e ir embora. Seu povo poderia então procurar alguém para executar a tarefa. Até vocês o encontrarem, já estaríamos em casa há muito tempo. Então vocês iriam até nossa casa e nós explicaríamos como consertar o ímã.

— Vocês estão sugerindo desligar o ímã agora? — perguntou a princesa, meio perturbada. — Mas justo hoje, que é dia da festa das luzes? Agora mesmo está acontecendo um grande baile no palácio do meu pai. E eu gostaria tanto de dar uma nadadinha até lá para dançar um pouquinho... Será que não dá para vocês esperarem até amanhã? Ah, por favor, por favor...

Lucas trocou um olhar com Jim, e depois concordou:

— Muito bem, senhorita, vamos esperar até amanhã. Estamos muito cansados mesmo e gostaríamos de dormir um pouco. Mas só vamos poder esperar até amanhã; depois precisamos prosseguir nossa viagem. Por favor, explique isso ao seu pai ...

— Vou explicar — respondeu a sereia, aliviada. — Se vocês tiverem algum pedido é só falar. Meu pai terá o maior prazer em atendê-lo. Por enquanto, muito, muito obrigada. E até breve!

— Até breve! — responderam Lucas e Jim, acenando para a princesa. A sereia chamou as seis morsas brancas, que vieram imediatamente. As rédeas dos animais continuavam presas ao recife, desde que tinham sido soltos para nadarem em liberdade.

— Vou deixar aqui esses arreios. Volto logo! — gritou Sursulapitchi. Dizendo isto, pulou para o lombo de uma das morsas, estalou a língua duas vezes e saiu cantando os pneus, quer dizer, espirrando água, seguida pelas outras cinco.

— É... acho que a garota está com muita pressa. Tomara que ela volte tão depressa quanto se foi — resmungou Lucas.

— Acho que sim. Afinal, ela deixou aqui as rédeas das morsas — observou Jim, passando a mão nas rédeas de couro enfeitadas de pérolas e de escamas brilhantes de peixe.

— Vamos esperar pelo melhor ... — respondeu Lucas. Depois subiu no teto de Ema e tentou abrir a tampa do tênder. — Tenho cá minhas dúvidas... acho que esse pessoal do mar não é lá muito pontual. Bem, eles podem se dar a esse luxo. Droga! Droga! A tampa não quer abrir!! Não nos resta outra saída, o jeito é dormir aqui fora mesmo. Acho que o melhor é a gente deitar embaixo da Ema. Pelo menos é um teto sobre nossas cabeças.

Acomodaram-se como puderam. Deitado pertinho de Lucas, Jim pensava:

— Se a senhora Heem imaginasse onde vamos dormir...

Depois adormeceu.

Capítulo nove

onde Jim procura uma diferença, e muitas coisas começam a voar

A noite não foi nada confortável. No dia seguinte, os dois amanheceram com o corpo formigando e tremendo de frio. O céu continuava encoberto e o vento encrespava as ondas, que vinham quebrar-se nos recifes de ferro fazendo um barulhão enorme. À luz do dia, o Mar da Barbaria parecia ainda mais inóspito do que de noite, embora menos assustador.

Jim e Lucas decidiram desligar o ímã imediatamente, pois estavam morrendo de fome e o pacote da senhora Heem, com os pãezinhos, os ovos cozidos e o chocolate, estava dentro da cabine de Ema, magneticamente fechada. De mais a mais, durante o dia não dava mesmo para ver as luzes do mar. Àquela hora, todas as águas eram pardas.

Os dois amigos subiram então para a ponta mais alta do recife de ferro, onde estavam a caixa de ferramentas, a lanterna, o cinto de Jim, as botas e o canivete de Lucas, ainda bem grudados ao lado do alçapão em forma de pentágono. Tudo tão imóvel como na noite anterior.

Infelizmente dentro da caixa de ferramentas só havia uma vela já usada. Mas Lucas achou que ela seria suficiente, já que teriam de usá-la no caminho de volta. Enquanto o conector estivesse no lugar, poderiam usar a luminosidade do fogo de santelmo.

E foi assim que aconteceu. Enquanto os dois amigos desciam aquela infindável escadinha, as chamas azuis iluminavam seu caminho.

— É uma pena ter que desligar o ímã, depois de tanto trabalho para conseguir ligá-lo — comentou Jim.

— O mais importante é a gente ter descoberto como a coisa funciona — respondeu Lucas. — Até acho muito bom a gente verificar se o ímã pode mesmo ser desligado.

— Por quê? — perguntou Jim.

— Porque no futuro talvez possam colocar um guarda nesse recife, que poderá desligar a força magnética do ímã, caso um navio se aproxime daqui, por exemplo. Assim, não aconteceria mais nada de ruim, e os habitantes do mar continuariam tendo a sua iluminação marinha.

— Seria fabuloso. Mas será que alguém iria querer ficar trabalhando de guarda nesses recifes? — perguntou Jim.

— Por que não? — revidou Lucas. — É só encontrar a pessoa certa. Acho que os habitantes do mar não são os mais indicados para esse tipo de trabalho.

— Também acho... eles são aguados demais... — completou Jim.

Calados, continuaram a descer. Finalmente, chegaram ao fundo do poço, seguiram pelo corredor sinuoso que levava ao interior da grande raiz de ferro, e chegaram à gruta subsolomarinha, inundada por uma luz brilhante. Estava tudo como eles tinham deixado.

Lucas se debruçou sobre o cilindro de vidro. Aquela intensa luminosidade azulada tornara-se quase insuportável para os olhos. Então Jim perguntou:

— Será que o conector não é feito do Cristal da Eternidade?

— Pode ser — respondeu Lucas. — Outro tipo de vidro não ia agüentar toda essa energia.

Lucas tocou o cilindro com a mão, para ver se a haste de ferro de onde se irradiava aquela luz não tinha aquecido demais a peça. Mas ela só estava um pouco morna.

— Que material incrível — comentou Lucas. — É uma pena que não possa ser produzido.

Acenderam a meia vela que tinham trazido e, depois de fixá-la no chão, deslocaram o cilindro de vidro. Na mesma hora, a luminosidade desapareceu.

Desta vez, porém, tudo continuou no maior silêncio. Não se ouvia um ruído. A gruta mergulhou novamente na mais profunda escuridão. Só a pequena chama da vela produzia uma luzinha fraca.

— Muito bem. Venha, Jim, vamos voltar para cima — resmungou Lucas.

— Espere um pouco — respondeu Jim. — Eu queria ver se o ferro desse outro é diferente, porque, afinal, ele tem a força da noite.

Mas o ferro parecia exatamente igual. Só que Jim ainda não estava plenamente convencido. Tinha que haver alguma diferença. Talvez se ele pesquisasse mais detalhadamente... mas para isso a luz lá embaixo era muito fraquinha. Além do mais, não dava tempo.

— O que você acha de eu levar um pedacinho, Lucas? — perguntou Jim.

— Por mim, tudo bem — respondeu Lucas, sorrindo.

Jim pegou o menor pedaço de ferro que encontrou: era mais ou menos do tamanho de sua cabeça.

Lucas pegou o toco da vela e os dois tomaram o caminho de volta. Atravessaram o corredor sinuoso, que estava escuro de novo, e pouco depois chegaram ao poço onde havia a escada em espiral. Calados, começaram a subir os degraus. Como Jim não parava de fungar por causa do peso, Lucas resolveu levar o pedaço de ferro e entregou o toco de vela ao menino.

Finalmente, os dois passaram pelo alçapão em forma de pentágono e saíram. Então Lucas devolveu a Jim o pedaço de ferro e calçou suas botas.

— Muito bem. Agora posso andar muito bem — disse ele, ensaiando alguns passos.

Jim afastara-se um pouco. Estava com o pedaço de ferro no colo e o examinava cuidadosamente. Tirou um martelo da caixa de ferramentas e deu umas marteladas na pedra; mas, pelo visto, ela não tinha nada de excepcional. Por fim, o garoto resolveu comparar o pedaço de ferro que tinha no colo com um outro, mais ou menos do mesmo tamanho, que havia ali por perto. Então aconteceu: a cabeça metálica do martelo, colocado entre os dois pedaços de ferro, tocou as duas pedras *ao mesmo tempo*!

Nesse mesmo instante, Lucas, que tinha acabado de guardar a lanterna na caixa de ferramentas, sentiu seus pés atraídos por uma força inexplicável. Até a caixa de ferramentas, que ele estava segurando, puxava-o com força em direção a Jim. O cinto do menino, que ainda estava no chão, saiu se arrastando como uma cobra, com a fivela na frente, na diração do seu dono. Atrás do cinto vinha Lucas, arrastado pelas botas e pela caixa de ferramentas que tinha nas mãos. Só que entre os dois amigos havia o buraco do alçapão! Sem parar, Lucas passou deslizando por cima do buraco, e antes que pudesse gritar alguma coisa, caiu com todo o peso por cima do menino.

— Ai! — gritou o jovem pesquisador, muito assustado. — Por que você se jogou desse jeito em cima de mim?

Por sorte, o choque fez com que a cabeça do martelo se desprendesse, liberando os dois pedaços de ferro. Na mesma hora, a força magnética desapareceu.

— Desculpe — disse Lucas, ainda muito confuso. — Eu não me joguei em cima de você. É que de repente meus pés foram arrastados por uma força imensa.

Levantou-se e bateu a mão no traseiro dolorido.

— Que experiência você estava fazendo aí? — perguntou Lucas.

— Só coloquei o martelo no meio dos dois pedaços de ferro — explicou Jim —, assim ... — e fez a mesma coisa que tinha feito antes.

Na mesma hora, os pés de Lucas foram novamente atraídos, e os pregos das solas das botas ficaram grudados nos dois pedaços de ferro que estavam no colo de Jim. O mesmo aconteceu com a caixa de ferramentas e com o cinto de Jim.

— Droga!! — praguejou Lucas, caído no chão.

Quando Jim se deu conta do que tinha feito, puxou imediatamente o martelo e gaguejou:

— De-desculpe, Lucas... e-eu não sabia que...

— Tudo bem... — resmungou Lucas, erguendo-se novamente. — Eu não me machuquei. Mas dentro desses dois pedaços de ferro imantados existe uma força incrivelmente poderosa!

De repente estalou os dedos:

— Puxa vida, garoto, sabe o que você descobriu?

A força magnética não está apenas nesse ímã gigantesco. A gente pode consegui-la usando apenas um pedacinho de minério retirado de cada lado do ímã.

— Ah, é? E fui eu que descobri isso? — perguntou Jim, satisfeito.

— Foi sim... precisamos examinar isso mais detalhadamente — respondeu Lucas.

Capítulo dez

onde Jim e Lucas inventam o moto-perpétuo

Antes de partirem para a próxima experiência, Lucas resolveu tirar as botas, por precaução. Para elas não saírem voando, ele as levou depressa até onde estava Ema, e guardou-as na cabine do maquinista, junto com a caixa de ferramentas e com os outros objetos de metal. Agora estava fácil abrir a tampa do tênder da locomotiva.

Ema e Molly pareciam estar muito aliviadas por ter cessado aquela força terrível que as tinha mantido presas. Lucas deu uma olhada para ver se as locomotivas não tinham sido danificadas, e constatou, aliviado, que estava tudo em ordem.

Ao invés do martelo, Lucas pegou o atiçador da fornalha e voltou para o alto do recife, onde estava Jim.

— Muito bem, vamos ver agora se nosso ímã é forte mesmo — disse ele.

Jim pegou uma pedra de minério de ferro, Lucas a outra, e depois usaram o atiçador como conector entre as duas pedras. Na mesma hora deu para sentir a força de atração, pois os poucos objetos metálicos que ainda estavam por ali saíram do chão e foram voando grudar-se às pedras imantadas. Mas aquilo não era novidade nenhuma, e ainda não dava para saber qual era a intensidade da força daquele ímã improvisado.

— Precisamos de um objeto metálico maior, para podermos verificar a força do nosso ímã — disse Lucas.

Nesse momento ouviu-se lá embaixo o estalar de rodas se movendo, seguido por um barulho muito esquisito. Os dois amigos se olharam admirados e foram ver o que estava acontecendo.

E o que viram fez perderem o fôlego: no sopé do recife estava Ema, aquela locomotiva enorme e gorducha, de pé sobre as rodas traseiras e com a parte dianteira suspensa no ar. Mas a pequena Molly, muito mais leve, vinha subindo pela encosta íngreme do recife na direção de Jim e Lucas, ora rodando, ora raspando o nariz no recife, ora dando cambalhotas no ar. Quanto mais se aproximava, mais se desgovernava e mais depressa se deslocava.

— Lucas!!! — gritou Jim, desesperado. — Desligue o ímã, senão vai acontecer alguma coisa com a Molly!!

Mas Lucas tinha o raciocínio rápido.

— Não... — disse ele, com o cachimbo entre os dentes. — Se eu desligar ela vai despencar lá para baixo! Temos que deixá-la chegar aqui em cima.

Com o coração aos pulos, os dois amigos ficaram observando a pequena locomotiva, que subia pela encosta do recife aos trancos e barrancos. Jim fechou os olhos, pois não queria nem ver como aquilo ia acabar.

— Aí vem ela! — disse Lucas. Jim abriu os olhos e viu Molly dar uma cambalhota sobre a borda do patamar e vir deslizando a toda velocidade, de cabeça para baixo, em direção ao ímã. No mesmo instante, Lucas puxou uma das pedras de minério de ferro que estavam ligadas ao atiçador de metal, e o efeito da força de atração cessou imediatamente.

Jim saiu correndo até a locomotiva, que parecia um besouro de pernas para o ar, e começou a verificar se tinha acontecido alguma coisa de grave. Por sorte ela só tinha levado alguns arranhões. Mas aquele passeio maluco tinha deixado a pequena locomotiva meio abobalhada.

Juntos, os dois amigos recolocaram Molly sobre suas rodas, e depois Lucas enxugou o suor da testa com um enorme lenço vermelho.

— Agora está tudo bem — murmurou ele. — Quem poderia imaginar a força incrível contida nesses dois malditos pedaços de minério? Nunca vi um ímã tão forte em toda a minha vida. E a essa distância! Até a Ema chegou a erguer as rodas dianteiras. Agora consigo ter uma idéia de como é grande a força desses dois recifes!

O maquinista deu uma coçadinha atrás da orelha e ainda murmurou algumas vezes: — Minha nossa! Minha nossa!

Jim continuava ocupado com sua Molly, por isso não percebeu que o amigo estalou os dedos de repente e murmurou: — Então a gente poderia... Ema chegou a erguer a dianteira... se a gente simplesmente... é claro, era só a gente... lógico!

Lucas começou a andar de um lado para outro, com a testa franzida de tanto pensar. Depois de algum tempo, parou e disse:

— Já sei!

— O quê? — perguntou Jim.

Com um sorriso misterioso, Lucas disse: — Você

logo vai saber, meu velho. Se o meu plano funcionar mesmo, acabamos de inventar uma coisa muito importante. Venha, vamos até onde está Ema. Preciso fazer um teste.

Os dois transportaram cuidadosamente a pequena locomotiva para baixo e a colocaram ao lado de Ema, que naturalmente já tinha voltado à posição normal, isto é, estava na horizontal, sobre as quatro rodas. A velha locomotiva parecia muito magoada, e não dava para aliviar a mágoa com apitos, pois não havia vapor para isso.

— Não fique brava, minha gorducha — disse Lucas, dando umas palmadinhas carinhosas na caldeira da locomotiva. — Agora vamos ver se nosso ímã também atrai você.

— Acho que não... senão ela também teria subido a rampa como Molly — disse Jim.

— Para o peso dela — explicou Lucas — a distância era grande demais. Quero ver o que acontece se a gente colocar o ímã a uns dois metros dela. Pelos meus cálculos, ele vai atrair a locomotiva com uma força irresistível.

Mais uma vez, Lucas usou o atiçador de metal como conector entre os dois pedaços de minério, e a força de atração começou a atuar no mesmo instante. A boa e gorda Ema literalmente pulou para o lado de Lucas, e sem querer bateu na canela dele. Molly, que estava atrás de Ema, naturalmente também foi puxada de encontro ao tênder de sua mãe.

— Ótimo! — exclamou Lucas, passando a mão na canela. — Funciona melhor do que eu esperava!

— É essa a coisa importante que acabamos de inventar? — perguntou Jim.

— Ainda não... quase! — respondeu Lucas, sorrindo.

Jim não entendeu nada.

Primeiro, os dois amigos tiraram a caixa de ferramentas de dentro da cabine do maquinista; depois montaram o mastro de Ema, e Lucas começou a reformar o retentor que vinham usando até então. Martelou, rebitou, parafusou, e depois adaptou uma espécie de dobradiça, que encontrou no meio das peças de reposição. Finalmente Lucas firmou o mastro numa espécie de junta esférica, de jeito que desse para movê-lo para frente, para trás ou para o lado.

— Ótimo! — disse o maquinista, esfregando as mãos cheias de calos. — Agora só precisamos de uma barra transversal e de uma barra de madeira para manter bem esticadas as velas que estão na cabine. Vá buscá-las, Jim!

Quando voltou, Jim perguntou: — Mas o que você vai fazer com isso?

Lucas limitou-se a responder: — Espere que você já vai ver!

Na ponta de cima do mastro havia um orifício, através do qual se podia puxar o cordame da vela. Nesse buraco Lucas enfiou a barra de madeira. Por fim, o mastro parecia um enorme "T".

— Muito bem... agora o mais importante! — disse Lucas, satisfeito.

Pegou o primeiro bloco de minério e amarrou-o cuidadosamente com barbante numa ponta da barra transversal; depois amarrou a outra pedra de minério na outra ponta da barra. O "T" ficou com um pingente de cada lado.

De repente Jim percebeu o que Lucas tinha em mente.

— O ímã é que vai puxar a Ema!! — exclamou ele, todo entusiasmado.

— Adivinhou! — respondeu Lucas. — E nós podemos dirigir a locomotiva de cima de cabine, entendeu? Se o mastro com o ímã na frente der certo, ele vai ficar pendurado na frente da locomotiva e ela vai seguir atrás dele. Nas curvas é só a gente virar o mastro para o lado.

— Puxa! — exclamou Jim com os olhos arregalados de admiração. — Minha nossa! É mesmo!!

Depois de passar toda aquela empolgação, Jim observou, preocupado:

— É... mas a barra de madeira não conduz energia magnética.

— Certo — respondeu Lucas —, por isso precisamos do atiçador de metal. Só que eu quero prendê-lo à barra para poder desligar o ímã quando a gente quiser. Senão nunca vamos conseguir parar de viajar.

Os leitores devem estar lembrados de que Lucas era um homem muito forte e tinha muitos dons artísticos. Dentre outras coisas, era capaz de dar um nó numa barra de ferro. Certa vez até conseguiu arrancar aplausos da platéia, quando exibiu sua força num circo em Mandala, lembram? Só que desta vez ele resolveu usar suas capacidades para alguma coisa prática. Com toda a habilidade, Lucas deu um nó bem no meio do atiçador da fornalha, e passou um prego enorme pelo orifício do nó. Depois pregou o atiçador no mastro, no meio dos dois pedaços de minério. Tomou todo o cuidado para as duas pontas do atiçador não tocarem as rochas de minério, pois ainda não era hora de acionar o magnetismo e dar a partida na locomotiva. Em seguida, amarrou dois cordões bem compridos, um em cada ponta do atiçador retorcido, para poder usá-los como rédeas quando estivesse em cima da cabine do maquinista. Quando puxasse o cordão da direita, o atiçador ficaria em posição horizontal, tocando as duas metades do ímã ao mesmo tempo, o que era suficiente para estabelecer a força de atração. Quando puxasse o cordão da esquerda, o atiçador se desviaria, e o magnetismo seria interrompido imediatamente.

Capítulo onze

onde a gorducha Ema sai voando e os inventores finalmente conseguem tomar seu café da manhã

Terminados os preparativos, os dois inventores empurraram a locomotiva calafetada para a água. Depois saltaram para cima da cabine do maquinista.

Ema balançou suavemente, depois virou-se e apontou a proa para o mar aberto. Fixado sobre a cabine do maquinista, o mastro estendia-se para a frente em posição horizontal. Na sua ponta estavam os dois pedaços de minério magnético, a uma distância de cerca de dois metros da parte dianteira da caldeira.

— Primeiro vamos ter que remar um pouco, para nos afastarmos daqui, senão Molly também será atraída e virá voando atrás de nós — explicou Lucas.

— Foi bom eu ter trazido este remo.

Quando achou que já estavam suficientemente distantes Lucas pegou os dois barbantes que serviriam de rédeas.

— Este é o momento mais importante, Jim!

Puxou o fio da direita e o atiçador tocou as duas pedras de minério; no mesmo instante o magnetismo foi estabelecido e passou a atrair Ema com toda a intensidade. A locomotiva saiu feito uma bala atrás do ímã, mas como ele estava pregado na ponta do mastro, que por sua vez estava fixado na locomotiva, é claro que ela nunca ia conseguir alcançá-lo. Com o ímã sempre à sua frente, atraída por aquela força poderosa e irresistível, Ema era obrigada a persegui-lo a toda velocidade.

— Oba!! — gritou Jim, entusiasmado. — Funciona! E como!! Hurra!!

A proa de Ema rasgava as águas formando dois grandes esguichos de água, para os dois lados, exatamente como acontecera durante a viagem com as morsas. Só que agora a velocidade ia aumentando cada vez mais.

— Segure-se bem! — gritou Lucas, no meio do barulho da água que esguichava. — Vou ver se consigo pilotá-la!

Pegou o mastro, girou-o na junta esférica um pouco para a direita, e no mesmo instante a locomotiva fez uma curva ampla.

— Sensacional! — exclamou Jim, mal cabendo em si de alegria. — Dá para brecar também?

Lucas puxou o cordão esquerdo, o atiçador voltou a se inclinar e desconectou as duas pedras de minério de ferro. A velocidade começou a diminuir, mas, como a locomotiva vinha com muito impulso, continuou deslizando sobre a água. Lucas puxou o mastro para trás. Ao mesmo tempo, acionou o cordão da direita, e a força de atração se restabeleceu, só que desta vez para trás. A locomotiva parou de repente, derrubando Jim dentro da água.

Imediatamente Lucas desligou o ímã e ajudou o amigo a subir no teto da cabine.

— Funciona perfeitamente! — disse Jim, cuspindo um pouco de água salgada. — Principalmente o breque!

— É verdade... não poderia ser melhor — concordou Lucas.

— Você não acha que temos de dar um nome ao nosso invento? — perguntou Jim.

— Você tem razão... precisamos mesmo — disse Lucas.

Acendeu o cachimbo, deu algumas baforadas e disse: — O que você acha de "Jimotiva", por exemplo? Ou então de "Jimobil"?

Jim discordou: — Não, não... assim vai parecer que o inventor fui eu.

— E foi você mesmo — disse Lucas. — Pelo menos no começo.

— Mas o principal foi você quem inventou — teimou o garoto. — Por isso acho muito mais certo o nome de "Lucomobil", ou então "Lucomotiva".

— Não... "Lucomotiva" é como se fosse a palavra locomotiva pronunciada de jeito errado. Precisamos encontrar um nome melhor. Os inventores geralmente usam o que suas invenções têm de especial para dar nome a elas. Já sei! Vamos chamar nosso invento de "moto-perpétuo".

— O que significa isso? — perguntou Jim, entusiasmado com o nome que ouvira.

Lucas explicou: — Significa que ele funciona sozinho, e não precisa de carvão, gasolina, ou qualquer outro tipo de combustível para se mover. Muitos inventores já quebraram a cabeça tentando encontrar um meio de construir um moto-perpétuo, mas não conseguiram. Se dermos ao nosso invento o nome de moto-perpétuo, todo mundo vai saber que conseguimos solucionar o problema. O que você acha?

— Se é assim — disse Jim, muito sério — acho moto-perpétuo um nome ótimo.

— Muito bem — concordou Lucas, sorrindo —, então este problema já está resolvido. Mas agora vem o teste principal. Segure-se bem, Jim. Lá vamos nós!

Ao dizer isso, Lucas colocou o mastro em posição vertical. As pedras de minério ficaram bem em cima da locomotiva, e Lucas puxou o cordão da direita. E então aconteceu uma coisa inacreditável!

A princípio bem devagarinho, mas depois cada vez mais depressa, a pesada Ema ergueu-se da água e se elevou acima das ondas. Um metro, dois, três... como um elevador, ela foi subindo cada vez mais alto. Assustado e admirado ao mesmo tempo, Jim grudou-se no amigo, com os olhos arregalados, vendo o mar, lá embaixo.

Nem Lucas conseguia acreditar no que via. Ele mesmo tinha duvidado de que aquilo fosse dar certo. Mas o sucesso do experimento era evidente: além de andar sozinho, sem combustível, o moto-perpétuo também voava!

— Este é um grande momento, Jim! — murmurou Lucas, solene.

— É mesmo — concordou Jim.

Quando já estavam a mais ou menos vinte metros da superfície da água, uma forte rajada de vento apanhou o moto-perpétuo e o carregou por um bom pedaço. Como a locomotiva estava solta no ar, acabava sendo levada pelos ventos, como um navio é levado pelas correntes marítimas.

Lucas tentou guiá-la. Inclinou o mastro um pouco para a direita, e o moto-perpétuo acampanhou a força de atração, voltando à sua posição anterior. Só que Ema continuava subindo. Já estavam a mais ou

— *Este é um grande momento, Jim!* — *murmurou Lucas, solene.*

menos cinqüenta metros da água. Jim já não ousava olhar para baixo, pois sentia tontura.

A tentativa bem-sucedida de pilotar a locomotiva tinha deixado Lucas mais encorajado, e ele começou a descrever no ar grandes curvas com o moto-perpétuo, inclinando o mastro ora para um lado, ora para outro. Quando inclinava o mastro para baixo, a velocidade nessa direção aumentava e a locomotiva parava de subir. Lucas conseguia até fazer a locomotiva mergulhar no ar, como um planador! Só que nesses incríveis exercícios de vôo, Jim começou a sentir uma coisa muito desagradável na barriga, e a pobre Ema estava surda e cega de medo. Por bem ou por mal, ela já tinha se habituado a nadar; mas querer agora que ela voasse como um passarinho, essa não... aquilo decididamente não era digno de uma locomotiva tão respeitável.

Finalmente, Lucas fez o moto-perpétuo baixar novamente até a superfície da água. Através de manobras habilidosas, conseguiu diminuir a velocidade até pousar na água. A proa da locomotiva espirrou água para os lados, como uma gigantesca máquina de limpar neve das estradas. Por precaução, Lucas desligou o ímã e remou de volta até os recifes de ferro, de onde tinham se afastado bastante.

— A princesinha do mar ainda não voltou — constatou Jim, quando aportaram. — Os arreios das morsas ainda estão no mesmo lugar.

— Eu bem que desconfiava — resmungou Lucas. — Esse pessoal do mar não liga a mínima para pontualidade.

— Mas não podemos ficar esperando cem anos — observou Jim, meio preocupado. — Precisamos ir buscar o senhor Tor Tor.

— Certo! — concordou Lucas. — Não vamos mesmo ficar esperando aqui. Vamos partir ainda hoje para apanhar o senhor Tor Tor. E vamos voando com o nosso moto-perpétuo.

— Isso mesmo! — exclamou o garoto. — Agora vai ser fácil atravessar a Coroa do Mundo! É só voar por cima dela!

— Combinado — disse Lucas, dando algumas baforadas, ansioso pela viagem que ia começar. — Além do mais, essa viagem vai ser muito mais rápida.

— Quer dizer que fazer este desvio e consertar o ímã não foi perda de tempo — disse Jim.

— Pelo contrário — observou Lucas —, não poderíamos ter feito coisa melhor para chegarmos mais depressa ao nosso destino!

Preocupado, Jim falou: — Mas o que será que a sereiazinha vai dizer se conseguir encontrar um guarda para o grande ímã e não nos encontrar aqui quando voltar?

— Tem razão — resmungou Lucas, pensativo —, temos que deixar um sinal de que vamos voltar.

— O que vamos fazer com Molly? — perguntou Jim. — Também vamos transformá-la num moto-perpétuo?

— Não, isso não é possível — disse Lucas. — As duas locomotivas iam se atrair e acabar se chocando em pleno ar. É perigoso demais.

Depois de pensar um pouco, Jim sugeriu: — Talvez fosse melhor a gente deixar a Molly por aqui e depois passar para pegá-la. O que você acha?

Lucas concordou.

— Acho que é melhor. Vamos procurar para ela um lugar protegido do vento, e vamos deixá-la amarrada. Podemos usar os arreios das morsas para isso.

Se a sereia voltar enquanto estivermos ausentes, ela vai procurar os arreios, encontrará Molly, e não terá dúvida de que vamos voltar logo.

— Certo. Acho até que a locomotivinha estará mais segura se ficar aqui — disse Jim.

Então Molly foi levada para um local protegido. Os dois amigos encontraram uma caverna pequena, onde ela coube direitinho. Jim amarrou bem os arreios em volta do pescoço da locomotiva e depois prendeu-os com sete nós duplos na saliência de um rochedo.

— Muito bem, rapaz, nem um terremoto vai conseguir arrancar Molly daqui — disse Lucas. — Só que com essa trabalheira toda fiquei morrendo de fome. Antes de partirmos, vamos comer alguma coisa para nos fortalecer um pouco. Só de pensar nos legumes que vamos comer hoje à noite na casa do senhor Tor Tor, já fico com água na boca.

— Você acha que já estaremos lá hoje à noite? — perguntou Jim.

— Talvez — respondeu Lucas. — Com nosso moto-perpétuo, é bem possível.

Então foram buscar na cabine de Ema o cesto preparado pela senhora Heem, e comeram tudo, até a última lasquinha. Todo mundo sabe que quando alguém inventa alguma coisa importante, fica com uma fome danada. Quem não acreditar, que experimente.

Capítulo doze

onde o moto-perpétuo quase se espatifa de encontro à Coroa do Mundo

Jim despediu-se de Molly, e depois os dois amigos subiram no teto da locomotiva Ema. Remaram um bom pedaço em direção ao mar aberto, e só então Lucas içou o mastro e acionou o ímã. O moto-perpétuo ergueu-se das ondas suave e silenciosamente e começou a pairar no ar. Quando alcançaram mais ou menos cem metros de altura, Lucas inclinou o mastro para a frente, a locomotiva parou de subir e passaram a voar sempre em frente. Dali a pouco os dois recifes magnéticos pareciam um pontinho minúsculo no horizonte, que logo desapareceu da vista dos dois amigos.

O céu continuava encoberto. Depois de algum tempo, Lucas disse:

— O mais importante agora é encontrarmos a direção em que devemos voar.

— E como é que se faz isso? O mar parece sempre tão igual em todas as direções... — disse Jim.

— Só dá para saber pela posição do sol — explicou Lucas.

Jim olhou para o céu, mas, através daquele amontoado de nuvens, só viu a fraca luminosidade do dia. Era absolutamente impossível saber ao certo onde é que o sol estava.

— Vamos ter que atravessar essas nuvens — disse Lucas. — Mas só vamos poder ficar um pouquinho lá em cima, pois a altitudes muito grandes o ar fica tão rarefeito que a gente não consegue respirar direito. Segure-se bem, Jim!

Dito isto, Lucas posicionou o mastro novamente para cima, até ele ficar numa posição quase vertical. A grossa camada de nuvens estava cada vez mais perto. Jim observava aquilo com um certo desconforto, pois o que via no céu parecia uma infinidade de picos nevados, só que de cabeça para baixo.

— Você acha que não vai acontecer nada quando a gente bater de encontro a essas nuvens? — perguntou Jim, preocupado.

— Absolutamente nada — disse Lucas, para acalmá-lo. — No máximo vamos nos molhar um pouco se atravessarmos uma nuvem de chuva. Atenção! É agora!

Tinham acabado de chegar à borda da nuvem. Ao subirem mais um pouco, viram-se de repente envolvidos por uma densa neblina. Era como se estivessem dentro de uma enorme lavanderia, com a diferença de que na lavanderia é quentinho, e aquela fumaça era fria e úmida.

Assim voaram durante um bom tempo. Com tanta neblina, parecia até que estavam parados. De repente, a cortina de nuvens se abriu e o moto-perpétuo passou a voar num céu azul resplandecente, sobre uma paisagem de nuvens de um branco ofuscante. Lá em cima, a luz do sol brilhava com esplendor e pureza indescritíveis.

Jim parecia ter perdido a língua diante de tanta beleza, e deixava seus olhos passearem pela incrível paisagem de nuvens que se abria sob seus pés: montanhas de neve contornavam lagos de leite; fortalezas e torres, que pareciam feitas de açúcar de confeiteiro, erguiam-se das montanhas e eram circundadas por jardins e florestas; todas as árvores e arbustos eram da mais fina pluma branca. Tudo movia-se devagar e ininterruptamente, e a cada minuto a paisagem mudava um pouco. Aquilo que há poucos segundos parecia um travesseiro de gigante, mudara de forma e parecia agora uma linda tulipa; o que era uma ponte de alabastro ligando dois picos de montanha, transformara-se num barco deslizando sobre um mar de espuma; onde até há pouco se via uma caverna misteriosa, agora havia uma linda fonte cristalina congelada.

Pela posição do sol, Lucas pôde determinar a direção em que deveriam seguir. Em seguida, baixou a locomotiva novamente e atravessou a cortina de nuvens, pois lá em cima o ar era tão rarefeito que os dois não iam suportar por muito tempo.

Depois de terem sobrevoado o mar por algum tempo, os dois avistaram no horizonte uma faixa de céu claro. Ali terminava, finalmente, o denso cobertor de nuvens, e o sol conseguia levar seus raios até o mar. Mas na fronteira entre o bom e o mau tempo, lá onde as nuvens terminavam, um arco-íris brilhante estendia-se das ondas do mar até as nuvens.

Silenciosamente, o moto-perpétuo e seus dois passageiros aproximaram-se daquele belo portão de cores e luzes e passaram por baixo dele, tão pertinho, que Jim alcançou com a mão aquelas lindas cores que brilhavam ao sol. Mas não conseguiu pegá-las pois só consegue pegar a luz e o ar o que é feito de luz ou de ar.

Deixando para trás o lindo arco-íris, os dois passaram a voar sob um maravilhoso céu claro. Quando o sol começou a se pôr, tingindo o horizonte de uma cor avermelhada, Jim avistou terra firme à distância. Pouco tempo depois eles já estavam sobrevoando a costa, e Lucas baixou um pouco a Ema voadora para eles poderem saber que país era aquele.

Jim deitou de barriga sobre o teto da locomotiva para poder espiar melhor. A paisagem lhe pareceu absolutamente familiar: era uma região cortada por riozinhos serpenteantes, sobre os quais havia pontes muito frágeis, com telhadinhos esquisitos, meio pontudos. Entre esses riozinhos havia árvores de vários tipos, que tinham uma coisa em comum: eram transparentes, como se fossem de vidro colorido. Lá diante, na linha do horizonte, erguia-se uma enorme cadeia de montanhas listradas de branco e vermelho. Não havia dúvida sobre que país era aquele. Jim levantou-se e disse:

— É Mandala!

Satisfeito, Lucas concordou com a cabeça.

— Foi o que pensei. Quer dizer que estamos no rumo certo da casa do senhor Tor Tor.

— Veja! — gritou Jim, apontando para um lugar onde a terra brilhava e reluzia de modo encantador. — São os telhadinhos de ouro de Ping! Ah, Lucas, será que a gente não poderia dar uma descidinha para cumprimentar o Imperador e Ping Pong?

Sério, Lucas sacudiu a cabeça.

— Ora, meu caro, imagine o que aconteceria se a gente se aproximasse da cidade com este ímã. Tudo o que é de metal seria atraído e voaria em nossa direção. Não, não... vamos ter que deixar a visita para outra hora. Acho até que, por precaução, a gente deveria subir mais um pouco, para termos certeza de que nada vai acontecer.

Lucas posicionou o mastro da embarcação para cima. Na mesma hora a locomotiva começou a subir cada vez mais alto... cada vez mais alto... Lá embaixo foi ficando Ping, a capital de Mandala, que agora mais parecia uma cidadezinha de brinquedo.

O sol já tinha se posto e a cor do crepúsculo ia envolvendo tudo, quando nossos amigos e seu motoperpétuo começaram a se aproximar da gigantesca Coroa do Mundo.

Enquanto voavam em direção à cadeia de montanhas, como uma mosca voando de encontro ao muro de uma cidade, Lucas observou: — Estou pensando se devemos tentar atingir o outro lado ainda hoje, ou se não seria melhor aterrissar e esperar até amanhã para atravessar as montanhas à luz do dia.

— É mesmo — disse Jim. — Mas só falta voar um pedacinho para chegarmos do outro lado.

— Está bem... — disse Lucas, posicionando para cima o mastro da embarcação. Ema voltou a subir cada vez mais alto. Envolta pela escuridão, a parede de montanhas estava bem na frente deles. A luz ainda não tinha aparecido no céu.

Lucas ajeitou o boné na cabeça e olhou para os picos que se aproximavam. Por cima deles, o céu noturno, escuro mas sem nuvens, estava salpicado de estrelas cintilantes.

— Droga! — resmungou ele, baixinho. — Tomara que dê certo! Pelos meus cálculos, já alcançamos a altura das nuvens...

A locomotiva continuava subindo, e a cada metro dava para sentir que o ar ficava mais rarefeito. Jim tinha que ficar engolindo em seco e abrindo a boca para evitar a pressão no ouvido. Os dois nem conseguiam imaginar a distância que os separava do chão!

Finalmente conseguiram alcançar a altura dos primeiros picos. Lucas novamente posicionou o mastro para frente. A locomotiva parou de subir e passou a voar na horizontal. Em meio a um silêncio sepulcral, a velha Ema deslizava por cima dos picos majestosos, cujas bases se perdiam na escuridão.

— Cuidado! — gritou Jim, de repente, pois à frente deles apareceu agora uma segunda cadeia de montanhas bem mais altas que as primeiras. Mas Lucas já tinha percebido o perigo de uma colisão, e sem perder tempo puxou o mastro para cima. Como uma flecha, Ema voltou a subir e passou raspando a parede escarpada das montanhas. Um segundo a mais e eles teriam se espatifado!

Jim começou a sentir uma fraqueza muito esquisita. Seus braços e pernas começaram a tremer, ao mesmo tempo que ele começou a ofegar, como se tivesse acabado de fazer uma longa caminhada.

Enquanto isso, a embarcação já tinha atravessado a segunda cadeia de montanhas, e à frente deles apareceu a terceira, iluminada pelo clarão das estrelas. E, por sua vez, os picos dessa terceira cadeia eram bem mais altos do que os da segunda.

Lucas também estava tendo que respirar cada vez mais depressa. Àquela altitude, o ar era tão rarefeito, que começava a faltar. Ofegante, Jim comentou: — Será que a gente... não... poderia... descer e entrar na cabine... e depois fechar bem todos os buraquinhos?

— Não... — respondeu Lucas, sentindo o peito oprimido —, tenho que ficar aqui pilotando, senão vamos nos espatifar de encontro às montanhas. Mas, se você quiser, pode ir. Pode deixar que eu me viro por aqui, Jim.

— Não — disse Jim —, se você fica eu também vou ficar...

Tinham sobrevoado a terceira cadeia de montanhas e aproximavam-se agora da quarta, cujos picos tinham quase o dobro da altura dos primeiros. Por sorte, as estrelas se tornavam cada vez maiores e mais claras.

— Lucas! — ofegou Jim. — Vamos voltar. Não vamos conseguir sobrevoar esses picos!

— Não adianta, a distância é a mesma! — disse Lucas.

Jim estava com o rosto vermelho, e enxergava rodinhas e rosquinhas de fogo dançando na frente de seus olhos. Seus ouvidos zumbiam e o sangue parecia dar marteladas na sua cabeça. Lucas também começou a sentir que perdia as forças. Seus braços ficaram fracos como os de um bebê de colo. O mastro escorregou de suas mãos e se posicionou na horizontal...

O moto-perpétuo começou a voar em frente, e por um fio de cabelo não bateu na ponta mais alta de um dos picos.

Ao todo eram sete cadeias de montanhas enfileiradas; mas a quarta, que ficava no meio, era a mais alta. A quinta era um pouco mais baixa, a sexta mais baixa ainda, e a sétima era da altura da primeira.

Foi isso que salvou os dois amigos, pois puderam ir baixando a locomotiva voadora, até voltarem, pouco a pouco, a respirar normalmente.

Os dois sabiam que atrás da última cadeia de montanhas ficava o deserto do Fim do Mundo, que era plano como um tabuleiro. Pousar ali seria fácil. Lucas já estava tão treinado em pilotar a locomotiva voadora, que não teve a menor dificuldade em fazer Ema aterrisar, com toda a segurança, na areia do deserto. A locomotiva andou alguns metros e depois parou.

— Muito bem, meu velho... conseguimos! — disse Lucas.

— Maravilha! — respondeu Jim, respirando aliviado.

— Acho que por hoje já fizemos bastante — disse Lucas, espreguiçando-se e estalando as juntas.

— Também acho! — concordou Jim.

Então os dois se enfiaram na cabine do maquinista, enrolaram-se nas cobertas, abriram a boca de sono, e antes de conseguirem fechá-la já estavam dormindo. Estavam exaustos... e dá para entender, não é mesmo?

Capítulo treze

onde os dois amigos são confundidos com uma miragem

Na manhã seguinte, Lucas e Jim levantaram bem cedinho. Queriam chegar antes do nascer do sol ao oásis do senhor Tor Tor, o gigante de mentira, pois tinham medo de que as miragens começassem a pregar peças assim que começasse a esquentar. Jim ainda se lembrava (e só de lembrar sentia um friozinho na barriga) de como aqueles fenômenos da natureza tinham conseguido desviá-los do caminho durante a primavera viagem ao deserto, e de quanto tinha demorado para os dois reencontrarem o rumo certo. Não, não... o melhor era tentar encontrar a casinha do gigante de mentira antes de começar aquele calor infernal.

Além do mais, nossos dois amigos estavam com o estômago roncando, pois no dia anterior tinham ido dormir sem comer nada.

Subiram no teto da locomotiva, Lucas pegou as rédeas do ímã e disse: — Já está mais do que na hora de a gente comer alguma coisa. Estou com tanta fome, que seria capaz até de comer a aba do meu boné!

Sonolento, Jim concordou.

— Eu prefiro um pãozinho com manteiga — resmungou.

— Eu também — respondeu Lucas, achando graça. — Aposto como daqui a uma meia hora haverá um montão deles bem na nossa frente, quando estivermos sentados à mesa do senhor Tor Tor.

Lucas puxou a corda da direita, e o moto-perpétuo ergueu-se suavemente no ar, passando a voar a uma certa altura pelo deserto.

A paisagem do deserto era nua e monótona, mas acima das cabeças dos viajantes a luz da aurora dava um espetáculo de cores maravilhosas, que mudavam a cada minuto. Só que nossos amigos não estavam muito a fim de ficarem observando o espetáculo do céu do deserto; atentos, eles procuravam o pequeno oásis do senhor Tor Tor. Era preciso encontrá-lo de qualquer jeito, antes que o sol começasse a subir e o calor fizesse o ar tremeluzir e refletir as miragens.

Lucas não sabia muito bem a localização do oásis, pois a última vez o próprio gigante de mentira é que tinha mostrado o caminho. Então o maquinista foi pilotando o moto-perpétuo em ziguezague pelo deserto. Mas ele tinha imaginado que a coisa fosse bem mais simples, pois no horizonte não se via nem a folha de uma palmeira, muito menos o telhado de uma casinha ou um lago com uma fonte no meio.

Para acalmar Jim, que já estava um pouco aflito, Lucas disse: — Se o senhor Tor Tor estiver zanzando por aí, na certa a gente vai vê-lo. Afinal, apesar de tudo ele é meio gigante, não é?

Nesse momento, o sol apareceu no horizonte e inundou o deserto com seus raios quentes e brilhantes. Os dois amigos tiveram que proteger os olhos com a mão, pois ficaram cegos com tamanha luminosidade.

— Agora não nos resta muito tempo — disse Lucas. — Logo, logo as miragens vão começar e não adianta a gente continuar procurando. Mas, enquanto ainda está dando para enxergar, vou fazer o moto-perpétuo subir o mais alto possível, pois lá de cima a gente pode ter uma visão melhor.

Mais uma vez Lucas posicionou o mastro para cima; a locomotiva parou de voar em ziguezague e começou a subir. Com toda a atenção, os dois amigos vasculharam com os olhos a linha do horizonte.

— Ali! Achei! É o senhor Tor Tor! — gritou Jim.

À distância, dava para reconhecer uma figura humana gigantesca, de forma vaga. Parecia estar agachada no chão, de costas para os dois amigos. Imediatamente Lucas direcionou o mastro imantado para a frente, e o moto-perpétuo passou a voar em direção a seu destino, a uma velocidade cada vez maior. À medida que se aproximava, a figura gigantesca ia ficando menor e mais nítida. Agora dava para ver que o senhor Tor Tor estava com os braços apoiados nos joelhos e a cabeça apoiada nas mãos, como alguém que está muito triste.

— Você acha que ele está chorando? — perguntou Jim, assustado.

— Hum... — resmungou Lucas —, não tenho certeza.

A uma velocidade espantosa, Ema voava em direção ao gigante de mentira agachado no chão, e, quanto mais ela se aproximava, menor o gigante ia ficando. Do tamanho da torre de uma igreja ele passou ao tamanho de uma casa, depois de uma árvore e finalmente ficou do tamanho de uma pessoa comum.

Lucas aterrissou Ema suavemente na areia, bem atrás do senhor Tor Tor. Com um rangido, as rodas da locomotiva enterraram-se na areia.

— Você acha que ele está chorando? — perguntou Jim, *assustado*.

O senhor Tor Tor deu um salto, como se uma abelha tivese picado seu traseiro. Ele estava com o rosto branco feito cera, com expressão de surpresa. Sem saber ao certo quem ou o quê estava à sua frente, o senhor Tor Tor caiu de joelhos, e com a voz trêmula disse:

— Oh... por que você me persegue? Que foi que eu fiz, seu monstro terrível, para você me expulsar da minha casa e da minha fonte e me seguir até aqui?

Dizendo isso, o gigante de mentira colocou as mãos no rosto e começou a tremer da cabeça aos pés, de medo e de susto. Lucas e Jim se olharam, comovidos.

— Olá! — disse Lucas, descendo do teto da locomotiva. — O que aconteceu, senhor Tor Tor! Não somos monstro nenhum e também não queremos comer o senhor... — e, sorrindo, acrescentou: — ... desde que o senhor nos prepare aquele café da manhã...

— Senhor Tor Tor — disse Jim —, não está nos reconhecendo? Somos nós... Lucas e Jim Knopf!

Lentamente, o gigante de mentira foi tirando as mãos da frente dos olhos e, completamente confuso, começou a fitar os dois amigos. Depois de algum tempo, sacudiu a cabeça e murmurou:

— Não... não pode ser. Vocês dois são uma miragem! Vocês não me enganam!

Lucas estendeu-lhe a mão preta de fuligem e disse:

— Dê cá a sua mão, senhor Tor Tor, e veja se a gente é de verdade ou não. Uma miragem não pode apertar a mão de ninguém.

— Não é possível — murmurou o gigante de mentira —, os únicos amigos de verdade que eu tenho no mundo são Jim Knopf e Lucas, o maquinista... e eles estão longe, muito longe daqui. Jamais poderão voltar até aqui, pois o Vale do Crepúsculo ficou soterrado debaixo de uma montanha de escombros, e não há outro caminho para se chegar até este deserto.

— Para nós há — disse Jim. — A gente veio pelo ar!

— Claro, claro... — concordou o gigante de mentira —, vieram pelo ar porque são miragens.

— Caramba! — disse Lucas, sorrindo —, se o senhor não quer apertar a minha mão para ver que eu sou de verdade, vou ter que provar de outra maneira. Com licença, senhor Tor Tor!

Lucas pegou o senhor Tor Tor pelos braços, ergueu-o no ar e o colocou de volta no chão, sobre suas perninhas finas.

— Muito bem, agora o senhor acredita?

Por algum tempo o gigante não conseguiu nem falar; então a expressão de preocupação começou a desaparecer de seu rosto.

— De verdade... — murmurou ele —, vocês são de verdade!

E o senhor Tor Tor pulou no pescoço de Lucas e de Jim.

— Agora estou salvo! Agora estou salvo! — dizia ele, sem parar.

Foi então que Lucas sugeriu o seguinte: — Sabe de uma coisa, senhor Tor Tor? Acho melhor a gente ir primeiro até sua casa e tomar o café da manhã. Nós dois estamos com uma fome de maquinista, se é que o senhor sabe o que isso significa.

Na mesma hora o gigante de mentira ficou triste de novo e suspirou fundo.

— Vocês nem imaginam como eu adoraria levá-los até minha casa, amigos. E como ficaria feliz em preparar-lhes o café da manhã mais delicioso que já tomaram. Só que é impossível.

— Sua casa não existe mais? — perguntou Jim, comovido.

— Existe sim — assegurou o senhor Tor Tor. — Pelo que pude observar de longe, nada aconteceu com ela. Mas há alguns dias não me atrevo a me aproximar. Só um dia, de noite, é que cheguei perto para encher meu cantil, senão ia acabar morrendo de sede. Mas nessa hora ele estava dormindo.

— Ele quem? — perguntou Jim, surpreso.

— O monstro que ocupou a minha casa, e de quem tive que fugir para o deserto.

— Que monstro é esse? — perguntou Lucas.

— É um monstro horrível, com uma bocarra enorme, uma cara aterradora, e com uma cauda bem comprida. Ele solta fumaça e fogo pela boca e tem uma voz horrorosa.

Jim e Lucas trocaram um olhar de admiração.

— Não há dúvida de que é um dragão — disse Lucas.

— Também acho — concordou Jim.

— É bem possível que seja um dragão, mesmo — prosseguiu o gigante de mentira. — Vocês sabem disso melhor do que eu, pois já estiveram às voltas com essas criaturas, não é?

— E como! — disse Lucas. — Temos experiência em lidar com esses monstros. Venha, senhor Tor Tor, vamos agora mesmo até o seu oásis para examinar mais de perto esse hóspede indesejável.

— Nunca! — gritou o gigante de mentira, assustado. — Não vou me aproximar de novo daquela criatura perigosa! De jeito nenhum!

Levou um tempão para nossos amigos conseguirem convencer o senhor Tor Tor de que precisavam dele para encontrar o lugar onde ficava o oásis. Além

Além do mais, as miragens já tinham começado.

do mais, as miragens já tinham começado. Não era nada muito assustador: um camelo que patinava sobre as areias do deserto como se estivesse numa pista de gelo, e mais adiante duas chaminés de fábrica que, indecisas, iam daqui para lá como se estivessem procurando a parte que faltava para completar sua imagem. Mas logo as miragens que se formavam iam ficar mais malucas e estranhas, e aí eles teriam que desistir de tentar se encontrar no meio daquela bagunça.

Finalmente, depois que os dois amigos prometeram protegê-lo, o senhor Tor Tor conseguiu dominar o medo. Os três subiram no teto da cabine de Ema e partiram. Lucas preferiu não voar com a locomotiva, para não assustar ainda mais o gigante. Com a ajuda do ímã, conseguiu que a locomotiva se movesse sobre as rodas, como uma locomotiva comum. O senhor Tor Tor estava nervoso demais para perceber que, desta vez, Ema não estava sendo movida a vapor e fogo.

Capítulo catorze

onde Jim e Lucas salvam dois amigos das garras de dois monstros

Quando o oásis com as palmeiras e a casinha branca finalmente apareceu no horizonte, Lucas parou o motoperpétuo e perguntou:

— Senhor Tor Tor, existe alguma coisa de metal em sua casa?

O gigante de mentira pensou um pouco.

— Quase tudo que há na casa foi feito por mim mesmo, de madeira e pedra. Mas existem algumas coisas de metal, sim. A panela, por exemplo, e a faca de cozinha...

— Certo... — interrompeu Lucas —, então temos que ter cuidado e não chegar perto demais, senão vai dar uma confusão dos diabos.

— Por quê? — quis saber o gigante de mentira.

— Mais tarde a gente explica — disse Lucas. — É melhor o senhor ficar aqui com Ema. Jim e eu vamos dar uma chegadinha até a casa para vermos como andam as coisas.

Assustado, o gigante exclamou: — Quer dizer que eu vou ter que ficar aqui sozinho? E se o monstro aparecer? Vocês prometeram me proteger...!

— O senhor pode se esconder no tênder de carvão — sugeriu Lucas, amavelmente.

O gigante de mentira se enfiou dentro do tênder e se encolheu o mais que pôde. Os dois amigos puseram-se a caminho da casinha branca de janelinhas verdes, que parecia muito hospitaleira e tranqüila, à sombra das palmeiras e das árvores frutíferas.

Primeiro os dois se aproximaram de uma das janelas e espiaram lá para dentro, sem fazer barulho. Não havia nada que se parecesse com dragão ou monstro. Na ponta dos pés, os dois deram a volta na casa e espiaram a pequena cozinha através da outra janela. Também ali nada havia de suspeito. Pelo menos à primeira vista. Mas quando Jim examinou o local mais atentamente...

— Lucas, o que é aquilo? — sussurrou o menino.
— O quê?
— Ali... tem alguma coisa aparecendo debaixo do sofá! Acho que é a ponta de uma cauda.
— É mesmo! Tem razão! — murmurou Lucas.
— O que vamos fazer? — perguntou Jim.

Lucas pensou um pouco.

— Talvez o monstro esteja dormindo. Vamos surpreendê-lo antes que ele acorde.
— Vamos lá! — sussurrou Jim, no fundo desejando que o monstro estivesse dormindo um sono tão profundo, que só acordasse depois que eles já tivessem amarrado todas as suas patas.

Em silêncio, os dois deram novamente a volta na casa e chegaram até a porta, que estava entreaberta. Depressa e em silêncio, os dois atravessaram a sala e entraram na cozinha. Bem à sua frente viram a ponta da cauda saindo por debaixo do sofá.

— Quando eu contar até três... — sussurrou Lucas para o amigo.

Os dois se abaixaram, prontos para agarrar o monstro.

— Atenção! — disse Lucas. — Um, dois... três!

No mesmo instante, os dois pegaram a ponta da cauda e puxaram com toda a força.

— Renda-se! — gritou Lucas, procurando parecer o mais ameaçador possível. — Renda-se ou está perdido, seja você quem for!

— Socorro! — guinchou uma estranha voz de porquinho embaixo do sofá. — Piedade! Coitado de mim... coitado de mim... por que ninguém me deixa em paz? Por favor, por favor, não faça nada de mau comigo, seu gigante terrível!

Sem entenderem o que estava acontecendo, Lucas e Jim pararam de puxar aquela cauda e olharam admirados. Eles conheciam aquela voz! Era a mesma voz que tinham ouvido choramingar aquela vez no vulcãozinho apagado... era a voz de Nepomuk, o meio-dragão!

— Olá! — disse Jim, abaixando-se para olhar embaixo do sofá. — Quem está aí embaixo? Quem foi que acabou de dizer "coitado de mim"?

— Caramba! — exclamou Lucas, sorrindo. — Será que esse "coitado" não é o nosso velho amigo Nepomuk?

A voz de leitãozinho assustado respondeu, lá debaixo do sofá: — Como é que o senhor sabe o meu nome, seu gigante terrível? E por que o senhor tem duas vozes diferentes?

— Porque não somos gigantes coisa nenhuma — respondeu Lucas. — Somos seus dois amigos Jim Knopf e Lucas, o maquinista.

— Socorro! — guinchou uma estranha voz de porquinho embaixo do sofá.

— Verdade? — exclamou a voz de leitãozinho, duvidando do que ouvia. — Será que não é um truque para fazer eu sair do meu esconderijo? Se for uma armadilha, eu é que não vou cair nessa. Digam a verdade: vocês são mesmo o que estão dizendo?

— Somos nós mesmos! — exclamou Jim. — Saia daí, Nepomuk!

A primeira coisa a sair de debaixo do sofá foi uma cabeça enorme e gorducha, que lembrava vagamente uma cabeça de hipopótamo, só que era salpicada de amarelo e azul, com dois olhos redondos que examinavam nossos dois amigos de cima a baixo. Quando Nepomuk se convenceu de que à sua frente estavam realmente os dois amigos maquinistas, sua bocarra se abriu num sorriso de surpresa e de alegria ao mesmo tempo. Saiu gatinhando do seu esconderijo, ergueu-se e ficou de pé na frente dos amigos, balançando os bracinhos para os lados e dizendo:

— Ufa! Estou salvo! Onde está o gigante bobão? Vamos amassá-lo até ele virar purê!

— Vamos com calma! — disse Lucas. — O gigante está bem pertinho daqui!

— Socorro!! — gritou Nepomuk na mesma hora, tentando voltar para baixo do sofá.

Mas Lucas segurou-o pelo braço e perguntou:

— O que você vai fazer debaixo do sofá, Nepomuk?

— Vou me esconder. O gigante é tão grande, que não consegue entrar aqui. Ele não consegue passar por esta porta, e muito menos entrar aqui debaixo do sofá.

— Mas esta casa é dele. Ele mora aqui! — disse Jim, soltando uma gargalhada.

— Quem? — perguntou o assustado Nepomuk.

— O senhor Tor Tor, o gigante de mentira. — explicou Jim.

Nepomuk ficou pálido, se é que a gente pode chamar aquela cor de pálida. Suas manchas amarelas e azuis ficaram amarelo-claras e azul-claras.

— Minha nossa! — gritou ele, quase fora de si. — Mas... bem, por que é que ele não... por que ele não me pegou?

— Porque ele estava morrendo de medo de você — respondeu Lucas.

Os olhos redondos de Nepomuk brilharam.

— Medo de mim? Verdade? — perguntou ele, não acreditando no que ouvia. — Aquele gigante enorme e terrível com medo de mim? Será que ele pensou que eu era um dragão terrível e malvado?

— Pensou sim — respondeu Jim.

— Acho esse tal gigante um cara muito simpático. — disse Nepomuk. — Por favor, dêem lembranças a ele e digam que gostaria muito de vê-lo apavorado. É que até hoje nunca ninguém teve medo de mim, e isso não é nada bom para um dragão.

— Para um meio-dragão — corrigiu Jim.

— Está certo, está certo — revidou Nepomuk, impaciente. — Mas vocês não precisam contar isso para ele, não é?

— Precisamos sim — disse Lucas —, pois se não dissermos ao senhor Tor Tor que você não é um dragão perigoso e malvado, e sim um meio-dragão simpático e prestativo, ele vai querer continuar fugindo e você não vai ter a oportunidade de conhecê-lo.

Pensativo, Nepomuk coçou a cabeça.

— Que pena... — murmurou ele, decepcionado. — Eu gostaria tanto de conhecer alguém que tremesse de medo de mim... Seria uma experiência maravilhosa. Mas se vocês acham que não dá... então podem contar a ele. Na certa ele não vai ligar muito para mim depois que ficar sabendo.

— Pelo contrário — observou Lucas —, ele vai achar ótimo. Sabe, ele também não é bem um gigante; é um gigante de mentira.

— É mesmo? — guinchou Nepomuk, todo esperançoso. — E o que é um gigante de mentira?

Enquanto os dois amigos explicavam ao meio-dragão como era o senhor Tor Tor, os três juntos foram caminhando para a locomotiva Ema. Quando chegaram, Lucas disse:

— Senhor Tor Tor, pode sair do seu esconderijo. Não há mais razão para ter medo.

— Verdade? — perguntou a vozinha fininha do gigante de mentira. — Vocês já dominaram aquele dragão terrível e perigoso?

Envaidecido, Nepomuk murmurou: — Ouviram isso? Ele está falando de mim!

— Nós não o dominamos, senhor Tor Tor, porque não foi preciso — explicou Lucas. — O tal monstro é um velho amigo nosso. Ele se chama Nepomuk, é um meio-dragão, e certa vez nos prestou uma enorme ajuda.

— É... e ele é muito simpático — acrescentou Jim.

Nepomuk baixou os olhos, envergonhado, e ficou balançando o corpo para cá e para lá. Não era modéstia, mas porque para um dragão é vergonhoso não ter nenhuma característica ruim.

Lá de dentro do tênder, a vozinha do gigante de mentira disse: — Mas, se ele é tão simpático, por que invadiu minha casa e me expulsou de lá?

— Ele estava com medo, senhor Tor Tor — respondeu Lucas. — Ele só queria se esconder do senhor.

Nesse momento, o gigante colocou a cabeça para fora do tênder.

— É verdade? — perguntou ele, ainda meio preocupado. — Ele estava com medo de mim? Oh, sinto muito! E onde está ele, para eu poder pedir desculpas?

— Estou aqui — guinchou Nepomuk.

O senhor Tor Tor desceu do tênder e apertou carinhosamente a pata do meio-dragão.

— Desculpe, eu não queria assustá-lo, amigo. Lamento muito!

— Não tem importância — respondeu Nepomuk, sorrindo com sua enorme bocarra. — E muito obrigado, senhor Tor Tor, por ter sentido medo de mim. Fiquei muito feliz!

— Agora precisamos contar ao senhor por que viemos procurá-lo, senhor Tor Tor — disse Lucas. — Mas antes de começar...

— Antes de começar... — disse o senhor Tor Tor, interrompendo a fala de Lucas — ...vamos tomar café da manhã juntos. Peço aos queridos amigos que me acompanhem até minha casa.

— Com todo o prazer! — disseram Lucas e Jim a uma só voz. Com Nepomuk no meio, os três seguiram de braços dados atrás do gigante de mentira. Infelizmente a boa e velha Ema teve que ficar onde estava. Por isso resolveu ter paciência e aproveitou o tempo para tirar uma soneca.

Capítulo quinze

onde Lucas e Jim encontram um guarda para os grandes recifes magnéticos de Gurumuch

Quando se sentaram à mesa, na casa do senhor Tor Tor, e já iam começar a saborear o delicioso café da manhã preparado pelo gigante de mentira, Nepomuk perguntou:
— E eu vou comer o quê?
Sobre a mesa havia um bule de café de figueira, e também leite de coco e açúcar de uva. Havia ainda uma tigela enorme cheia de pãezinhos de baobá e de alfarroba, untados com mel de cacto e geléia de romã, bolachas de tâmaras, fatias de banana assadas e rosquinhas de abacaxi, bolo de papoula, castanhas assadas na brasa e manteiga de nozes. Os meus caros leitores devem lembrar-se de que o senhor Tor Tor só se alimentava de plantas, pois era um grande amigo dos animais. Ele era vegetariano.
Temos que admitir que um café da manhã como esse deixa qualquer um com água na boca. Só que o pobre Nepomuk olhou constrangido para as coisas que estavam em cima da mesa e fez cara de choro. Ele teria preferido uma tigela de lava incandescente, ou en-

tão um belo balde de breu borbulhante. É claro que não havia nada parecido com isto no oásis do senhor Tor Tor.

Jim e Lucas explicaram ao gigante de mentira o problema da alimentação dos meio-dragões.

— Então o que vamos fazer? — perguntou o senhor Tor Tor, muito sentido. Ele queria agradar ao seu hóspede, mas onde ia arranjar, na última hora, uma comida apropriada para Nepomuk?

No fim, o meio-dragão teve que se satisfazer com uma panela cheia de areia do deserto tostada. Não era seu prato predileto, mas era melhor do que nada, e ele estava morrendo de fome.

Depois de todos terem comido, Nepomuk arrotou alto, expelindo argolinhas de fumaça cor-de-rosa pelas duas orelhas. O senhor Tor Tor, então, disse:

— Agora, meus queridos amigos, contem-me qual o motivo dessa feliz visita!

— Não... — guinchou Nepomuk, petulante —, primeiro quero contar a minha história.

Achando graça na intromissão do pequeno meio-dragão, Lucas e Jim trocaram um olhar. Nepomuk não tinha mudado nada daquela época para cá. Continuava tentando ser malcriado e grosseiro como um dragão de raça pura.

— Eu estava... — começou Nepomuk.

Mas o senhor Tor Tor interrompeu-o com uma cara muito séria: — Meu caro Nepomuk, já que está conosco, e não no meio de sua gente, acho melhor o senhor tentar se adaptar aos nossos hábitos.

— Tá! — exclamou Nepomuk, descontente. Fez uma cara de ofendido, mas fechou o bocão.

Calmamente, Lucas encheu o cachimbo de fumo, soltou algumas baforadas em direção ao teto, e começou:

— Não... — guinchou Nepomuk, petulante —, primeiro quero contar a minha história.

— Muito bem, o negócio é o seguinte: precisamos urgentemente de um farol em Lummerland. E o meu amigo Jim Knopf teve a feliz idéia de pedirmos ao senhor para exercer essa importante função em nosso país. No mundo inteiro não há ninguém mais indicado, senhor Tor Tor.

— Por que vocês acham isso? — perguntou o senhor Tor Tor, muito surpreso.

Então Lucas e Jim explicaram juntos o que tinham em mente. O rosto do gigante de mentira começou a ficar cada vez mais radiante. Quando os dois amigos garantiram que ninguém na ilha ia se assustar com ele, pois não ia dar para estar tão longe dele a ponto de vê-lo como gigante, aí sim é que o senhor Tor Tor, um homem tão refinado, pulou da cadeira, de tão contente, e exclamou:

— Vocês não imaginam como fico grato, meus amigos! Consegui realizar o meu maior desejo! Além de viver num lugar em que as pessoas não se assustam comigo, também vou poder usar essa minha característica em proveito dos outros! Ah, não tenho palavras para dizer o quanto vocês deixaram feliz este velho! — e nos olhos do gigante de mentira brilhavam lágrimas de felicidade.

Como sempre fazia quando estava emocionado, Lucas escondeu-se atrás de uma densa nuvem de fumaça do cachimbo, e depois resmungou: — Fico feliz em saber que concorda com a idéia, senhor Tor Tor. Vamos precisar muito do senhor. Além disso, acho que vai se adaptar muito bem em Lummerland.

— Também acho — confirmou Jim, feliz por ter sido sua a idéia de convidar o gigante para servir de farol.

— E eu? — resmungou o meio-dragão. Durante

todo o tempo Nepomuk tinha ficado com cara de ofendido, mas, como ninguém lhe dava atenção, resolveu parar e interferir na conversa.

— O que é que tem você? — perguntou Jim.

Ansioso, Nepomuk perguntou: — Eu também posso ir para Lummerland? Será que por lá não tem nenhum vulcãozinho onde eu possa morar? Eu poderia provocar terremotos todos os dias para vocês, e poderia lançar quanta lava vocês quisessem sobre a ilha. Vocês vão ver como é ótimo. E então, combinado?

Mais uma vez, Lucas e Jim trocaram um olhar, só que desta vez de preocupação e não de alegria. Afinal de contas, o dragão já tinha prestado a eles um enorme serviço e não estava falando aquilo por mal.

Pensativo, Lucas respondeu: — Caro Nepomuk, não creio que você fosse gostar do lugar onde moramos.

— Ora, ora! — replicou o meio-dragão, fazendo um gesto com a mão. — Podem deixar que eu me viro. Isto não é problema...

Rapidamente, Jim observou: — Mas nós não temos nenhum vulcão... por menorzinho que seja...

— Além disso — prosseguiu Lucas —, temos muito pouco espaço. Para o senhor Tor Tor ainda dá, se a gente considerar a ilha de Nova-Lummerland. Quero dizer, meu caro Nepomuk, que gostamos muito de você e lhe somos muito gratos, do fundo do coração, mas acho que você não ia se adaptar em Lummerland.

— Também acho — concordou Jim, muito sério.

Desconcertado, Nepomuk fitou os dois amigos por um bom tempo. De repente, fez uma expressão de profunda tristeza e aflição; o meio-dragão escancarou a bocarra como nunca tinha feito e começou a berrar mais alto do que a própria Ema seria capaz de berrar.

No meio daqueles gritos e lamentos, dava para entender alguma coisa do que ele dizia:

— Huuuuuuuuuuu... maasss eu tamtamtambéééémmm quuuueeeero... irpaaaarrraaalluuuuuuuuerland... huhuuuu... nãããããoooopossssssomaaaaaaaiiissvoltar... osdradradragõesmeeexpuuuulsaram... huhuhuhuuuuu... eelesvããããão me cooomer se eeeeuuuuu vvvooooooooltaaaarrr... huhuhuuuuu....

Levou um bom tempo para os dois amigos e o senhor Tor Tor conseguirem acalmar o dragão chorão e poderem entender o que significava aquele berreiro todo. Para resumir, era o seguinte:

Certo dia, os habitantes de Mummerland, a cidade dos dragões, perceberam que não só as crianças prisioneiras tinham desaparecido, como também a senhora Dentão. Concluíram, então, que alguém tinha entrado na cidade e raptado as crianças e o dragão. Fizeram longas investigações e os guardas da cidade foram interrogados. No fim, desvendou-se o caso da locomotiva disfarçada, e ficou claro que alguém que conhecia muito bem os detalhes da cidade tinha ajudado os invasores. Essas conclusões levaram os dragões a investigar os meio-dragões que moravam na Terra dos Mil Vulcões. Logo foi descoberta uma pista que levava a Nepomuk. A infelicidade do pobre meiodragão começou a se aproximar do pequeno vulcão em que ele morava, na base do planalto, personificada em quarenta e dois enormes guardas-dragões, com a missão de aprisionar e devorar o traidor e causador daquele mal.

Por sorte, Nepomuk percebeu o perigo a tempo e fugiu. Só conseguiu sobreviver ao frio polar e à noite eterna na Região do Rochedo Negro porque teve tempo de beber rapidamente um caldeirão cheio de lava incandescente antes da fuga. Foi isso que o manteve quentinho por dentro. Apesar de tudo, quase morreu congelado, mas finalmente conseguiu chegar ao deserto do Fim do Mundo. Durante dois ou três dias Nepomuk errou sem destino pelo deserto, enganado pelas miragens, e teve que se alimentar de areia e de cascalhos, coitado. Certa tarde, porém, avistou o senhor Tor Tor de longe. Na mesma hora saiu ventando, e não teria parado de correr até hoje se não tivesse encontrado a casinha branca de janelinhas verdes, onde resolveu se esconder.

Quando terminou de contar sua história, Nepomuk recomeçou a soluçar e duas lágrimas gordas escorreram pela sua cara cheia de pintas amarelas e azuis.

— Se vo-vocês n-não me quiserem — guaguejou ele —, não te-tenho para onde ir. Não posso ficar a-aqui nesse de-deserto, so-sozinho e sem ter o-o que comer.

— É verdade — murmurou Lucas.

Então os três se calaram e, preocupados, baixaram a cabeça. Tentando melhorar as coisas, Jim disse:

— Não tenha medo, Nepomuk. Você nos ajudou um dia, e agora é nossa vez de ajudá-lo. Pode crer que vamos pensar em alguma coisa.

Lucas tirou o cachimbo da boca, fechou um pouco os olhos, e examinou o meio-dragão de cima a baixo.

Pensativo, observou: — Acho até que já tenho uma idéia. Só não sei se Nepomuk é a criatura mais indicada para uma função de tanta responsabilidade.

Jim perguntou baixinho: — Você acha que ele... os recifes magnéticos...

— A gente poderia tentar — respondeu Lucas. — Afinal de contas, por que não? Acho que depois de tudo isso Nepomuk até que amadureceu um pouco.

— Amadureci sim, e muito! — guinchou Nepomuk, todo entusiasmado. — Mas... do que se trata?

— De uma tarefa muito séria, meu caro Nepomuk — replicou Lucas. — Uma tarefa que só podemos confiar a uma pessoa absolutamente responsável.

Então Lucas explicou ao meio-dragão o caso dos recifes magnéticos e por que era necessário um guarda, que ligaria e desligaria o ímã gigante conforme fosse preciso.

Soltando gordas baforadas de fumaça, Lucas conclui:

— Como você vê, é uma tarefa muito importante. Você terá que nos dar sua palavra de que nunca mais vai cometer essas maldades de dragão, nem vai se comportar de um jeito tão grosseiro. Vamos depositar uma confiança enorme em você, Nepomuk.

O meio-dragão ouviu tudo, calado e sério, e depois seus olhos redondos começaram a brilhar. Estendeu a pata primeiro a Lucas, depois a Jim, e disse:

— Dou-lhes a minha palavra, amigos: podem confiar em mim. Nunca mais vou cometer ruindades de dragão, pois agora os dragões são meus inimigos. Não quero mais ser igual a eles. Meus amigos agora são vocês, e o que eu mais quero é ser igual a vocês.

— Muito bem — disse Lucas. — Vamos fazer uma tentativa. Só falta saber do que você vai se alimentar lá nos recifes. Você precisa comer alguma coisa, não é mesmo?

— Claro! — guinchou Nepomuk. — Mas vocês não disseram que o centro da Terra, que é incandescente, não fica muito longe de lá? É só construir uma cisterna, e com dois baldes posso tirar quanta lava quiser. Aliás, vou poder comer a lava mais nutritiva que existe.

Só de pensar, Nepomuk lambeu os beiços.

Lucas e Jim acharam graça naquilo. Em seguida, Lucas disse:

— Ótimo! Acho que Nepomuk é mesmo a pessoa mais indicada para esse serviço. O que você acha, Jim?

— Concordo — respondeu Jim.

— Muito obrigado! — disse Nepomuk, respirando aliviado. Por causa do medo e do susto que tinha passado, o meio-dragão ficou com soluço. Cada vez que soluçava, soltava argolinhas verdes e roxas pelo nariz e pelos ouvidos.

Levantando-se, Lucas disse: — Então amigos, está tudo combinado. Acho que não devemos nos demorar muito por aqui. Vamos partir o mais rápido possível para os recifes magnéticos, com o nosso motoperpétuo. É que a pequena Molly está esperando por nós, e não queremos deixá-la muito tempo sozinha.

Preocupado, Jim pensou no vôo de volta sobre os picos das montanhas. Será que o gigante de mentira ia suportar aquele vôo a uma altitude onde o ar era tão rarefeito? E se ele não agüentasse? Ele já ia dizer o que estava pensando, quando o senhor Tor Tor, com uma cara muito assustada, disse: — Parece que vocês falaram em voar?

Sério, Lucas respondeu: — É, senhor Tor Tor. Não tem outro jeito. Não existe outra saída, pois o Vale do Crepúsculo ficou soterrado...

De repente, Lucas interrompeu o que ia dizer e estalou os dedos.

— O Vale do Crepúsculo — exclamou —, por que não pensamos nisso antes?

— Nisso o quê? — perguntou Jim.

— Podemos voar sobre o Vale do Crepúsculo! — explicou Lucas. — Ou sobre o que sobrou dele. Naquela região, os picos das montanhas desmoronaram e a gente não vai precisar voar tão alto. Fica tudo muito mais fácil.

Aliviado, Jim concordou com o amigo.

— Ótima idéia, Lucas!

Pela cara do gigante de mentira, dava para ver que ele não gostava era de voar, qualquer que fosse a altitude. Se não estivesse tão entusiasmado com a idéia de virar farol em Lummerland, talvez agora até voltasse atrás na sua decisão. Pálido de medo, o senhor Tor Tor começou a preparar um cesto de sanduíches e uma garrafa de chá. Quando terminou de preparar o lanche, ainda abalado pelo medo, o gigante de mentira disse:

— Muito bem, amigos... estou pronto!

Calados, todos deixaram a casinha branca e foram andando em fila para dentro do deserto, onde Ema esperava por eles. Já era quase meio-dia e o sol estava causticante. Com o calor, o ar tremia e o estranho fenômeno das miragens estava no auge. A caminho da locomotiva, os quatro viram, à direita, uma gigantesca estátua eqüestre, sobre a qual crescia um carvalho, com centenas de pessoas empoleiradas nos seus galhos, segurando guarda-chuvas abertos. À esquerda, perto de Ema, havia três banheiras antigas, dispostas em círculo, que pareciam estar brincando de pique. No meio delas havia um guarda de trânsito, vestido de branco, em cima de um pedestal. Um segundo depois, as miragens já tinham se desfeito em nada.

Lucas sorriu. — Muito bem, pessoal, chegamos!

Foi até Ema e deu umas palmadinhas no corpo gorducho da locomotiva. O senhor Tor Tor virou-se mais uma vez e olhou com saudade para seu oásis com a casinha branca de janelinhas verdes.

— Até qualquer dia, minha casinha — disse ele, baixinho, acenando com a mão. — Por todos esses anos você me serviu de morada. Agora não vamos nos ver mais. O que será que vai acontecer com você?

Nesse momento, apareceu no céu sobre o oásis um navio enorme, com muitas velas vermelhas. Em cada uma estava pintado um enorme número 13. O navio velejou a todo vapor rumo ao horizonte, e depois desapareceu.

Lucas acompanhou a miragem com olhos atentos, até ela sumir. Jim fez o mesmo.

— Você acha que era o navio dos Treze Piratas? — perguntou.

— Pode ser — resmungou Lucas. — É bem provável que fosse. Se a gente conhecesse a origem das miragens, daria para saber um montão de coisas.

Depois virou-se para seus passageiros e disse: — Vamos subir a bordo, senhores!

O senhor Tor Tor teve que sentar no chão da cabine do maquinista, para não ser visto de longe. Lucas achou que, se ele aparecesse, o pessoal de Mandala ia levar um tremendo susto, quando visse um gigante enorme voando no céu, ou mesmo só um pedaço dele — a cabeça, por exemplo, se ele resolvesse olhar pela janelinha. O gigante de mentira concordou plenamente com essas medidas de segurança. Afinal, ele preferia ver o mínimo possível daquela viagem pelos ares.

Nepomuk também subiu para dentro da cabine do maquinista. Todo ansioso, logo procurou um lugar na janelinha, pois ele podia espiar o quanto quisesse. E, é claro, ele queria ver muitas coisas. Nepomuk era um meio-dragão muito curioso.

Os dois amigos tomaram seus lugares no teto da locomotiva. Lucas posicionou o mastro para cima e puxou o cordão da direita. Devagar e silenciosamente, o moto-perpétuo ergueu-se do chão, depois foi ganhando velocidade e subiu em direção ao céu.

Capítulo dezesseis

onde pela primeira vez em cem mil anos um ser do fogo e um da água reatam laços de amizade

Pouco tempo depois, os viajantes chegaram à Coroa do Mundo. Lucas pilotou a locomotiva ao longo do maciço das montanhas, até o moto-perpétuo chegar ao lugar onde antes era o Vale do Crepúsculo. Os picos que haviam desmoronado cobriram de entulho a antiga garganta, até mais ou menos a metade da altura das montanhas. Blocos de pedra imensos jaziam amontoados uns sobre os outros, formando uma imagem impressionante. Sem dizer nada, Lucas e Jim olhavam para baixo, enquanto o moto-perpétuo voava silenciosamente sobre o amontoado de escombros.

Com o desmoronamento, a parte de cima da garganta tinha se alargado muito. Por isso, Lucas precisou prestar muita atenção e usar muita habilidade para evitar que Ema, naquela altura e naquela velocidade, se desviasse para a esquerda ou para a direita e batesse em alguma ponta de rochedo que tivesse sobrado. Por várias vezes ele teve que ser rápido como um raio para mudar a posição do mastro, a fim de evitar uma colisão. Apesar de todos esses perigos e dificuldades, o vôo foi muitíssimo mais simples do que a primeira passagem sobre os picos.

Não demorou muito para atingirem o outro extremo da garganta. Sob os viajantes, descortinava-se agora a Floresta das Mil Maravilhas, em todo o seu esplendor de luzes e cores. A seguir apareceu a muralha de Mandala, que se estendia pelas colinas como se fosse uma fina faixa avermelhada. Por trás dela começavam as terras de Mandala com suas plantações, estradas, rios e pontes em arco. Aqui e ali podiam-se ver pequenos lagos, que mais pareciam superfícies de espelho.

Por precaução, Lucas pilotou o moto-perpétuo um pouco mais para cima, pois já dava para ver os telhadinhos de ouro de Ping. Pouco depois, o moto-perpétuo já estava voando com a velocidade de uma flecha sobre o oceano. Os dois amigos logo perceberam que lá embaixo as ondas tornavam-se cada vez maiores e mais violentas, e que a água pouco a pouco ia se tornando mais escura e sinistra.

— Chegamos ao Mar da Barbaria — disse Lucas ao amigo. — Estamos na direção certa.

Ele tinha razão: nem meia hora depois, Jim avistou dois pontinhos pretos minúsculos no horizonte. Voando naquela direção, os viajantes perceberam que os pontos aumentavam cada vez mais: eram os recifes magnéticos! Lucas fez Ema descrever uma curva bem larga ao redor dos recifes, e depois, usando toda a sua habilidade para ligar e desligar o mecanismo do ímã, foram perdendo altitude lentamente, até a locomotiva pousar sobre as vagas agitadas, a cerca de quinhentos metros dos recifes, espirrando água para todos os lados.

Satisfeito, Lucas piscou para Jim: — Tudo em cima, garoto!

— Olá! Finalmente vocês chegaram! — disse uma vozinha fina, saindo do meio das ondas. Era Sursulapitchi, que apareceu ao lado da locomotiva.

— Ei, vocês dois... onde é que estiveram esse tempo todo? Fiquei esperando o dia inteiro.

— Poderíamos perguntar o mesmo, senhorita dama do mar — replicou Lucas amavelmente. — Ontem esperamos longamente pela senhorita. Como a senhorita não apareceu, Jim e eu inventamos rapidamente uma coisa e usamos nossa invenção para ir buscar dois amigos.

— Ah, bom — disse a princesinha do mar. — Sabem por que eu não cheguei na hora combinada?

— Não terá sido justamente porque esqueceu a hora combinada? — perguntou Lucas.

— Não! — respondeu a princesinha, caçoando.

— Ou quem sabe porque ficou dançando até tarde no baile? — disse Jim.

— Também não! — respondeu a sereiazinha, rindo às borbulhadas.

— Bem, então não dá para adivinhar — disse Lucas.

— Imaginem vocês — disse a princesinha, radiante de alegria — que no baile encontrei uma criatura que tinha visto meu noivo, Urchaurichuum, bem no fundo do Mar de Safira. Na mesma hora fui correndo, quer dizer, nadando até lá e comecei a procurá-lo por toda parte. E, a três milhas marítimas da floresta de corais azuis, bem no meio de um campo todo florido de pérolas..., eu o encontrei!

— Imagino que deve ter sido um reencontro e tanto! — disse Lucas, sorrindo.

— Aí, então... — continuou a princesinha, toda feliz — simplesmente amarrei minha morsa na carapaça do meu noivo, e a gente chegou até aqui num minutinho. E aqui estamos!

— Mas não estou vendo seu noivo! — disse Jim.

— É mesmo, onde está ele? — perguntou Lucas. — Gostaria de conhecê-lo.

— Ele vai aparecer já, já — disse Sursulapitchi. — É que meu noivo é um ondinoruga, e por isso movimenta-se mais lentamente. Quando vimos a colomitova de vocês, voando em nossa direção, tratamos de mergulhar e então... ah! Lá vem ele! Vejam só que elegância!

Na superfície da água apareceu então uma criatura de aparência muito estranha. À primeira vista, parecia uma enorme tartaruga marinha. Tinha uma carapaça azul turquesa, toda desenhada em dourado. Sua pele era lilás, e no meio dos dedos das mãos e dos pés ele tinha membranas natatórias. Seu rosto era de ser humano, e na verdade até que não era feio. O ondino não tinha um fio de cabelo; em compensação, de cima do lábio superior saía um bigode fino e comprido. O que ele tinha de mais bonito eram os olhos, que apareciam por trás de um par de óculos de ouro. Eram olhos de um maravilhoso tom de violeta, de expressão tranqüila e séria, quase um pouco triste.

— Meus cumprimentos! — disse o ondino, devagar, num tom melodioso. — Já ouvi falar muito de vocês, e é um enorme prazer conhecê-los.

— De nossa parte também — disse Lucas. — Que bom que está de volta, senhor Urchaurichuum.

Jim então perguntou: — Diga-me, senhor ondino, conseguiu realizar a tarefa que lhe foi dada por Lormoral, o rei do mar, para poder casar-se com a princesa Sursulapitchi?

— ...*Vejam só que elegância!*

O ondino respondeu com um sorriso tristonho.

— Agradeço seu interesse — replicou ele naquele seu jeito cantado de falar —, mas infelizmente não consegui, não. Não encontrei um único ser do fogo disposto a reatar laços de amizade com nosso povo. Já estou quase perdendo as esperanças de conseguir produzir o Cristal da Eternidade.

A princesinha do mar começou imediatamente a soluçar. O ondino colocou o braço no ombro dela e disse:

— Não chore, querida. Vou continuar procurando até o fim dos meus dias.

Tentando desviar o assunto, Lucas perguntou: — E então, senhorita, encontrou um guarda para ficar nos recifes magnéticos?

Enquanto tentava consolar a noiva acariciando seus cabelos, o ondino respondeu com sua voz harmoniosa: — Minha noiva me falou das dificuldades que vocês tiveram com os recifes magnéticos. Conheço aquelas instalações, pois certa vez, há mais ou menos mil anos, estive lá embaixo. Na época estava tudo em ordem, mas só consegui ficar um pouquinho naquela profundidade, pois para o nosso povo aquela temperatura é insuportável. De qualquer forma, terei o maior prazer em descer mais uma vez para ligar o ímã, depois que vocês já estiverem suficientemente longe daqui com sua esquisita embarcação. Só que infelizmente não poderei ficar de guarda nos recifes, pois o calor daquelas profundezas acabaria comigo em pouco tempo, e também por causa da tarefa que me foi designada. Sou obrigado a vasculhar palmo a palmo todas as águas do planeta.

Lucas sorriu:

— Sei, sei... então foi mesmo uma sorte muito grande termos trazido conosco nosso amigo Nepomuk.

— Nepomuk? — perguntou a princesinha, parando de chorar. — Quem é Nepomuk?

— Vá chamá-lo, Jim — disse Lucas.

O menino abriu a tampa do tênder e gritou pelo tubo de carvão:

— Nepomuk! Ei, Nepomuk! Venha cá!

— Já vou indo! — guinchou lá de dentro o meio-dragão. Gemendo e ofegando, Nepomuk saiu se arrastando pelo buraco e espiou por cima do vagãozinho de carvão. Quando viu os dois habitantes do mar, caiu na gargalhada.

— Ho, ho, ho, ho, ho! — guinchou ele. — Quem são essas criaturas de pudim? Que gente gelatinosa!

Nepomuk ainda não sabia se comportar muito bem. Os dois habitantes do mar fitaram espantados o meio-dragão. Sursulapitchi ficou verde-clara de susto.

— O-o q-que é i-isto? — gaguejou ela.

— Sou um dragão... buuu! — guinchou o meio-dragão, soltando duas chamazinhas amarelo-enxofre pelas ventas. No mesmo instante, os dois habitantes do mar desapareceram, deixando bolinhas de água atrás de si.

— Vocês viram? — grunhiu Nepomuk, satisfeito. — Eles afundaram de medo de mim! Pena que morreram afogados. Acho que deviam ser muito simpáticos, principalmente porque tiveram um tremendo medo de mim.

— Ne-po-mu-k — disse Lucas, lentamente. — Desse jeito não vai dar, não. Você prometeu que ia parar com essas grosserias de dragão!

Assustado, o meio-dragão colocou a pata na frente da boca. Então, com um olhar muito infeliz, disse:

— Desculpem, esqueci completamente. Mas não vai acontecer mais... nunca mais...

— Ótimo! — disse Lucas, muito sério. — Se você esquecer de novo, não vai poder ser o guarda dos recifes magnéticos. Depois não diga que eu não avisei!

Reconhecendo sua culpa, Nepomuk baixou o cabeção.

Lucas chamou a sereiazinha e o ondino. Mas teve que ficar chamando um tempão, até os dois aparecerem na superfície da água, a uma boa distância dali.

— Podem se aproximar. Não precisam ter medo — gritou Lucas.

— Não mesmo — assegurou-lhes Jim. — Nepomuk é um ser do fogo muito comportado. Ele quer ser amigo de vocês.

— Quero ser amigo — repetiu o próprio Nepomuk, com o tom mais doce que conseguiu dar à voz. — Sou um ser do fogo dos mais dóceis, acreditem!

— Um ser do fogo? — perguntou o ondino, passando a se interessar pelo assunto. — E é verdade que você não é nosso inimigo?

— Verdade. Quero mesmo é ser amigo de vocês — assegurou Nepomuk, com toda a seriedade. Por isso dei minha palavra a Jim e a Lucas.

Hesitantes, os dois seres da água aproximaram-se. Lucas os apresentou e depois disse:

— Muito bem, agora vamos voltar o mais depressa possível para os recifes. Molly já deve estar com saudade da gente.

Os dois seres do mar foram nadando ao lado de Ema, enquanto Lucas remava com toda a habilidade, procurando aportar Ema no mesmo lugar de onde tinham partido. Quando chegaram, Nepomuk e Urchaurichuum já conversavam como dois velhos amigos. Talvez porque o meio-dragão, devido ao seu parentesco com os hipopótamos, se identificasse um pouco com a água, enquanto Urchaurichuum, graças ao seu parentesco com as tartarugas, se identificasse um pouco com os seres de terra firme. Assim, os dois não tiveram dificuldades em se entender. O ondino mal cabia em si de alegria por ter encontrado um ser do fogo, que talvez o ajudasse a solucionar a difícil tarefa imposta por Lormoral, o rei do mar. E Nepomuk estava muito satisfeito por poder ajudar num empreendimento de tanta importância e por ter encontrado companhia.

— E o senhor Tor Tor? — perguntou Jim, de repente.

No meio de todos aqueles acontecimentos, tinham se esquecido completamente do velho gigante de mentira.

Nepomuk respondeu: — Bem, ele veio o tempo todo de olhos fechados e com a cara feito cera, sentado no canto da cabine. Às vezes, em alguma curva, por exemplo, ele dizia "Deus do céu" ou "Socorro". Acho que ele ainda está sentadinho no mesmo lugar.

Imediatamente, Jim abriu a tampa do tênder e gritou lá para dentro do camarote: — Senhor Tor Tor, chegamos. Pode descer.

— Já? — replicou a vozinha fina do gigante de mentira. — Graças a Deus! Pensei que não fôssemos chegar vivos!

Então o senhor Tor Tor saiu engatinhando de dentro de cabine e olhou à sua volta.

— É aqui a adorável ilha de Lummerland onde vou trabalhar como farol? — perguntou ele, meio decepcionado.

— Não, não! — respondeu Lucas, sorrindo. — Estes são os recifes magnéticos, onde Nepomuk vai trabalhar como guarda. Lummerland é a próxima parada. Muito bem, pessoal, não vamos perder mais tempo. Vou descer com Nepomuk e com Urchaurichuum até o fundo dos recifes para mostrar tudo a eles. Desta vez vou levar a lanterna, pois não vamos mesmo ligar o ímã agora. Quem vai fazer isso é Nepomuk, quando já estivermos bem longe daqui. Jim, enquanto isso vá se encontrar com a Molly, solte as amarras dela e traga-a até Ema.

— Certo, Lucas! — respondeu Jim.

— Os outros ficam esperando aqui pela gente! — acrescentou Lucas.

Depois Lucas subiu até a ameia mais alta do rochedo, acompanhado de Nepomuk e de Urchaurichuum, que andava na terra como qualquer ser humano, só que com movimentos mais lentos. A princesinha achou um lugar confortável nas águas rasas próximas dos recifes e o senhor Tor Tor sentou-se numa rocha de ferro.

— Eu volto logo — disse Jim, saindo para buscar sua Molly. Ele nem imaginava que logo descobriria uma coisa que teria conseqüências muito importantes para ele e para seu amigo Lucas...

Capítulo dezessete

*onde Jim passa por uma experiência muito dolorosa
e Lucas imagina um plano audacioso*

Quando encontrou o local onde tinham deixado Molly, a primeira coisa que Jim pensou foi que tinha se enganado, que aquele não era o lugar certo. A pequena gruta estava bem ali, mas... Molly não estava em lugar nenhum!

O garoto sentiu o coração parar por alguns instantes, e depois recomeçar a bater feito um louco.

— Devo estar no lugar errado — murmurou ele. — Nesses recifes cheios de saliências e grutas, é fácil a gente se enganar.

Jim continuou andando, procurando. Subiu um pouco pelos recifes, depois desceu um pouco, mas finalmente acabou admitindo que aquele primeiro lugar era de fato o certo.

— Talvez Molly tenha se enfiado lá para dentro da gruta — disse. — Ela não pode ter desaparecido... estava bem amarrada. Acho que não olhei direito.

Voltou de novo à posição inicial, entrou na gruta e começou a caminhar cada vez mais para dentro, até o fim da gruta. E nada de Molly! Nem sinal!

— Molly! — chamou ele, baixinho, sentindo que seus lábios começavam a tremer. Depois saiu correndo de dentro da gruta e começou a chamar sem parar pelo nome da locomotiva. Teve que morder a própria mão para não começar a chorar alto ali mesmo. Jim sentia a cabeça rodar feito um carrossel, e precisou esperar um bom tempo até conseguir tomar uma atitude racional. "Lucas!" pensou. "Preciso chamar Lucas imediatamente!"

Ofegando por causa da pressa e do esforço, Jim subiu até o ponto mais alto do recife e atirou-se na borda do buraco que havia no chão. Lá no fundo, viu a luz da lanterna de Lucas. Colocou as duas mãos em volta da boca e gritou:

— Lucas! Lucas! Venha até aqui! Molly sumiu! Por favor, Lucas!

Não ouviu resposta nenhuma. Na certa o som de sua voz fora engolido pelo barulho do vento que soprava forte pela abertura do poço, e pelo rugir das ondas agitadas que vinham se quebrar nos recifes.

"Preciso ir atrás dele", pensou Jim, e começou a descer a escada em espiral. Mas depois de alguns metros teve que desistir da tentativa, pois não tinha nada com que iluminar o caminho. Naquela escuridão, a descida por aqueles degraus escorregadios poderia levar horas. Além disso, nesse meio tempo Lucas já estaria de volta. Portanto, a única saída era esperar. Seria uma espera insuportável, como se pode imaginar.

Jim desceu mais uma vez até o lugar onde Molly tinha ficado, e procurou por toda a redondeza. A única coisa que encontrou foi um pedacinho rasgado da ponta do arreio das morsas, com que ele próprio tinha amarrado a pequena locomotiva.

Com aquela triste lembrança nas mãos, Jim voltou para onde estavam Ema, o senhor Tor Tor e a sereia. Calado, sentou ao lado deles. Apesar da cor escura de sua pele, dava para ver que ele estava muito pálido.

— Posso perguntar, caro amigo, o que aconteceu com você? — perguntou o senhor Tor Tor. — Será que a sua pequena locomotiva...?

O gigante de mentira não ousou terminar a pergunta, depois do olhar perturbado e desolado que Jim lhe lançou. Confusa, a sereiazinha também resolveu continuar calada.

Jim ficou um bom tempo com o olhar perdido na imensidão do mar e mordeu o lábio inferior para que ele parasse de tremer. Depois, com a voz embargada, só conseguiu guaguejar o seguinte:

— É... Molly... ela... n-não sei... mas a-acho que ela... ela su-sumiu.

Os três ficaram calados. O vento soprava forte e as ondas rugiam ao quebrarem-se contra os recifes de ferro.

— Talvez ela tenha sido roubada — disse Jim.

A pequena sereia sacudiu a cabeça.

— Ninguém vem até aqui. Nem mesmo os seres que habitam o mar. E mesmo que viessem, nenhum deles teria feito uma coisa dessas.

— Vamos refletir um pouco — disse o gigante de mentira. — Será que ela não poderia ter-se desamarrado, caído na água e afundado?

O olhar de Jim se acendeu, com um pequeno lampejo de esperança.

— Pode ser — disse ele. — Embora ela estivesse bem amarrada e... calafetada.

— Vou já dar uma olhadinha — disse a princesinha. — Vou mergulhar e dar uma boa olhada em volta dos recifes.

— Faça isso, por favor — disse Jim.

E a sereiazinha desapareceu na água.

— Você nem imagina o quanto eu entendo a sua dor, meu amigo — disse o senhor Tor Tor. Para consolar o menino, começou a citar um monte de exemplos de pessoas que tinham perdido alguma coisa e que, um belo dia, quando menos esperavam, as tinham recuperado. A intenção do senhor Tor Tor era boa, mas Jim nem prestava muita atenção no que ouvia.

Finalmente, a princesinha reapareceu na superfície da água.

— Viu alguma coisa? — perguntou Jim, mal conseguindo conter a ansiedade.

A sereia balançou a cabeça:

— Os recifes magnéticos descem direto até o fundo do mar — replicou ela. — Lá embaixo está tão escuro, que não dá para enxergar nada. Temos que esperar até que as luzes do mar se acendam novamente.

— Mas se isso acontecer ela vai ficar grudada lá embaixo! — gritou Jim, desesperado. — Aí sim é que ninguém vai conseguir arrancá-la de lá!

— Mas pelo menos daria para ver se ela realmente afundou. Depois a gente arrumaria um jeito de tirá-la de lá — replicou a sereiazinha.

Todos se calaram novamente. Restou apenas o barulho do vento e das ondas quebrando nos recifes. A noite foi caindo lentamente.

A boa e velha Ema, que estava a uma certa distância dos três sobre a saliência plana de um recife, conseguiu ouvir parte da conversa. É verdade que ela não tinha raciocínio rápido, nem entendia muito bem as coisas, mas conseguiu compreender do que se tratava. Gritar e apitar ela não podia, pois não havia vapor para isso. Embora sua caldeira estivesse vazia, ela sentia que ia explodir a qualquer momento. Mãe locomotiva também fica aflita...

Levou muito tempo, mas muito tempo mesmo, até Lucas voltar. Para Jim, a espera pareceu uma eternidade. É claro que aquela demora também tinha a ver com o fato de Urchaurichuum andar a passo de tartaruga. Finalmente, porém, a voz alegre de Lucas ecoou bem atrás de onde os três estavam esperando:

— Olá, pessoal, chegamos! Demorou um pouco, mas agora está tudo em ordem. Nepomuk nos acompanhou até subirmos a escada em espiral; entreguei a lanterna a ele, para ele ter alguma luz lá embaixo temporariamente. Ele voltou imediatamente até a base dos recifes para começar a trabalhar. Aliás, ele adorou a nova casa. Eu mostrei tudo direitinho, e à meia-noite em ponto ele vai religar as luzes do mar. Agora ele deve estar cavando uma cisterna de lava. O ondino também deve estar chegando; é que ele anda um pouco devagar.

Lucas parou de falar e olhou admirado para a cara de cada um.

— Epa! O que aconteceu? Onde está Molly? — perguntou ele.

Então Jim não conseguiu mais se controlar. Até então tinha enfrentado tudo com muita coragem, mas agora atirou-se nos braços de Lucas e começou a chorar.

No mesmo instante Lucas entendeu tudo. — Molly desapareceu? — perguntou ele. Jim concordou com a cabeça.

— Que droga!! — resmungou Lucas. — Agora sim é que estamos bem arranjados!

Carinhosamente, passou a mão na carapinha do garoto:

— Jim, meu velho... tenha calma! — disse Lucas, abraçando e acariciando o amigo até ele se acalmar um pouco.

— Preste bem atenção, Jim. Molly não pode ter sumido. Em algum lugar ela tem que estar. Vamos descobrir onde e logo a teremos de volta. Pode confiar em mim. Isso você já sabe, não é mesmo?

— Sei, Lucas — disse Jim, tentando sorrir enquanto as lágrimas lhe escorriam pelo rosto.

— A gente estava pensando se a locomotivinha não teria se soltado, escorregado para a água e afundado — disse o senhor Tor Tor.

— Pois é — acrescentou a princesinha. — Já tentei dar uma olhada lá embaixo, mas está tudo tão escuro que não dá para enxergar nada. Temos que esperar até as luzes do mar se acenderem novamente.

— Mas pode ser que Molly esteja em apuros! — disse Jim.

Lucas deu uma tragada no cachimbo, pensativo.

— Vamos mergulhar imediatamente — disse ele, decidido. — E vamos mergulhar dentro de Ema. As portas e janelas são à prova d'água; a tampa do tênder também se fecha muito bem, e com a pressão da água não haverá perigo de se abrir. Com os faróis de Ema, poderemos iluminar o fundo do mar para procurarmos melhor.

Jim olhava para Lucas com os olhos arregalados.

— Sim, mas... mas Ema também não vai afundar. Ela está calafetada, lembra? — disse Jim.

Puxando algumas tragadas do cachimbo enquanto pensava, Lucas disse: — Podemos fazer uma experiência. Vamos abrir a válvula da caldeira e a torneira. Quando a caldeira estiver cheia de água, a locomotiva terá de afundar. Vamos, Jim, não podemos perder tempo!

— Mas como vamos nos movimentar lá embaixo, no fundo do mar? — perguntou Jim, muito ansioso. — A gente só pode pilotar a locomotiva de cima da cabine do maquinista, através do dispositivo de ímã. Só que a gente vai estar dentro da cabine, sem poder sair!

— Certo! — resmungou Lucas, coçando a orelha. — O que vamos fazer? Prezada sereia, será que a senhorita conseguiria assumir o comando do ímã?

Foram até onde estava Ema e empurraram-na para a água. A sereia tentou movimentar o mastro. Em vão. Ela era uma criatura pequena e frágil demais para tarefas tão pesadas.

Finalmente, Urchaurichuum apareceu. Ficou sabendo do que tinha acontecido e também tentou pilotar o mastro. Força era o que não lhe faltava, mas nesse caso havia uma outra dificuldade: por causa da carapaça, só conseguia movimentar as mãos para os lados, mas não para a frente. E com uma mão só não dava para ele segurar o mastro.

— Será que a gente não poderia atrelar novamente suas morsas? — perguntou Jim à sereiazinha, olhando para o mar aberto, onde aqui e ali aparecia uma das morsas brincando na água.

— Infelizmente não é possível — respondeu Sursulapitchi —, porque elas não conseguem mergulhar muito fundo e precisam ficar sempre perto da superfície. Mas estou lembrando uma outra coisa: vi os cavalos-marinhos do estábulo do meu pai pastando bem perto daqui. Eu poderia ir chamá-los e depois atrelá-los à locomotiva.

Muito nervoso, Lucas disse: — Alguns cavalos-marinhos não vão conseguir puxar tanto peso.

— E quem falou que são apenas alguns cavalos?

Não, não, são mais de mil! Uma legião inteira! — disse a princesinha do mar.

Para resumir, enquanto Lucas e Jim desmontavam o dispositivo magnético da locomotiva, que naquela viagem, afinal, só iria atrapalhar, a sereiazinha saiu à procura do rebanho de cavalos-marinhos. Nem bem nossos amigos tinham terminado o trabalho, ela já estava de volta. Atrás dela, mais de mil cavalinhos com caudas encaracoladas agitavam os corpinhos na superfície da água, deixando um rastro de espuma branca e brilhante como pérola. Aguçando bem os ouvidos, dava até para ouvir seu relinchar baixinho e agudo. Cada um daqueles animaizinhos tinha um minúsculo arreio de ouro. Era um espetáculo realmente impressionante, e sob outras circunstâncias Jim teria ficado muito interessado. Mas agora ele só conseguia pensar, com grande preocupação e aflição, em sua pequena locomotiva. E não era de admirar.

Capítulo dezoito

onde os viajantes descobrem uma cidade muito estranha no fundo do mar

Nesse meio tempo, o ondino, prudente e prevenido, tinha colhido do mar uma braçada de algas marinhas de um tipo especial. Eram vegetais de fibras compridas, finas como linha mas bem resistentes, que davam principalmente no Mar da Barbaria. Numa da pontas, todas essas fibras compridas foram amarradas de modo a formarem uma corda bem grossa, e enquanto Lucas e Jim fixavam bem essa ponta no pára-choques de Ema, Sursulapitchi atrelava, com grande habilidade, dois ou três cavalinhos na outra ponta de cada fibra.

É claro que isso levou algum tempo, e nossos dois amigos aproveitaram uma pausa para comerem depressa alguma coisinha. Nenhum dos dois estava com apetite, mas o senhor Tor Tor aconselhou-os a se alimentarem para não se sentirem fracos, pois desde o café da manhã não tinham comido nada.

Quando o sol desapareceu, todos os cavalinhos já estavam atrelados à locomotiva. A viagem submarina já podia começar. Lucas e Jim estavam prestes a abrir a tampa do tênder para chegarem até a cabine do maquinista, quando o senhor Tor Tor disse: — Queridos amigos, quero pedir que me levem com vocês.

— Quer ir conosco? — perguntou Lucas, surpreso. — Mas, senhor Tor Tor, vai ser uma viagem muito perigosa.

— Eu sei... — disse o senhor Tor Tor, meio pálido mas decidido. — Justamente por isso não quero ficar para trás. Quero dividir esse perigo com vocês. Acho que é assim que devem agir os amigos, não é?

— Tem razão — disse Lucas. — Então venha!

Engatinhando por dentro do tubo de alimentação de carvão, os três chegaram até a cabine do maquinista. Lucas fechou por dentro a tampa do tênder, e ela se encaixou direitinho. Em seguida, vedou a entrada do tubo de alimentação de carvão com uma chapa de ferro. Estava tudo pronto para a partida. De dentro da cabine, Lucas fez sinal com a mão para o ondino que estava lá fora. Urchaurichuum nadou até a válvula e a torneira da caldeira e abriu as duas, seguindo instruções que o próprio Lucas lhe havia dado antes.

Dentro da cabine, os três prenderam a respiração e ficaram à escuta. Dentro da caldeira ouvia-se um gluglu-glu de água entrando. De repente a água subiu até a altura a vidraça da janelinha. Pelo menos era o que parecia. Na verdade, a locomotiva já estava afundando: a princípio lentamente, e depois cada vez mais depressa. Quando a água cobriu Ema por completo, tudo ficou muito quieto, pois não dava mais para ouvir o barulho das ondas. Uma fraca luminosidade verde inundou a cabine. Pouco a pouco a locomotiva parou de balançar e continuou afundando, como um elevador, silenciosa e sem parar... e a luz esverdeada foi ficando cada vez mais fraca. À frente, junto aos cavalos-marinhos, os três passageiros viam a sereiazinha nadando de lado, e bem perto da cabine estava Urchaurichuum, que também tinha mergulhado.

Lucas verificou as frestas da porta e a placa de vedação do tubo de alimentação de carvão. Até ali tudo parecia estar na mais perfeita ordem. Não estava entrando nem uma gotinha de água.

— Acho que vai dar certo — disse ele, esvaziando o cachimbo e colocando-o no bolso.

Pouco a pouco a escuridão foi tomando conta de tudo. Já deviam estar a uma grande profundidade. O coração de Jim batia forte e o gigante de mentira mantinha as mãos bem cruzadas. Lucas foi até o painel e ligou os faróis de Ema. Dois cones de luz atravessaram as trevas verde-escuras. Peixes esquisitos passavam por eles e olhavam admirados para aquela luminosidade estranha. Alguns eram compridos e magrinhos como dardos, outros eram curtos e gordos como malas de viagem, cheios de espinhos por todos os lados. Depois passaram peixes enormes e chatos como folhas de papel, que mais pareciam tapetes voadores. Muitos tinham o corpo todo enfeitado por pontos e desenhos luminosos; alguns tinham até umas lanterninhas, que iam carregando à sua frente presas a uma espécie de vara de pescar bem comprida. Era um mundo estranho e ao mesmo tempo fascinante, que enchia os olhos dos três viajantes. E a locomotiva continuava a descer, como se estivesse caindo num buraco sem fundo. Por fim, os três sentiram um solavanco. Tinham chegado no fundo do mar. Mas o que viram então, à luz dos faróis de Ema, era terrível.

Para onde olhavam, só viam um enorme amontoado de navios afundados e empilhados no fundo do mar. Alguns já estavam meio apodrecidos, com o convés coberto de algas, moluscos e corais. Os cascos dos

Mas o que viram então, à luz dos faróis de Ema, era terrível.

navios tinham buracos enormes, através dos quais dava para ver o seu interior. Jim até viu um esqueleto horrível, sentado em cima de uma arca já meio apodrecida, toda coberta de algas, dentro da qual reluziam moedas de ouro.

Não era fácil para a sereiazinha abrir caminho para a locomotiva no meio de todos aqueles destroços. Várias vezes tiveram que passar no meio de algum navio rachado, como se passassem dentro de um túnel. Era uma visão realmente estranha: uma locomotiva puxada por um enxame de cavalos-marinhos, flutuando por cima de um imenso cemitério de navios.

— Todos esses navios devem ter se espatifado contra os recifes magnéticos, ao longo de muitos séculos — disse Lucas em voz baixa. Depois de algum tempo, acrescentou: — É bom que no futuro essas coisas não voltem a acontecer.

— Sim... que bom que agora o Nepomuk está aí — completou Jim.

A essa altura, a locomotiva já tinha dado uma volta em torno da base dos recifes. Sursulapitchi fez os cavalos-marinhos descreverem outro círculo, desta vez maior, em torno dos recifes. Depois mais um, e mais um, sendo cada um sempre mais amplo do que o anterior. Os viajantes olhavam pelas janelinhas em todas as direções, prestando bastante atenção em cada cantinho escuro. Mas Molly não estava em lugar nenhum. Só dava para ver centenas de milhares de destroços de navios.

Algumas horas já deviam ter-se passado nessa busca sem resultados, quando Jim bocejou e disse:

— Acho que Molly não está aqui embaixo.

— É — concordou o senhor Tor Tor, bocejando também —, é possível que ela não tenha caído na água.

— Pode até ser que ela tenha caído — disse Jim, meio sonolento —, mas talvez não tenha afundado. Afinal, ela estava bem calafetada e deve ter sido levada apelas ondas.

— Pode ser... — resmungou Lucas —, e não seria nada animador, pois o oceano é enorme. A gente ia ter que ficar um tempão procurando.

— Mas as criaturas do mar poderiam nos ajudar — observou Jim, bocejando de novo.

— Vocês estão sentindo a mesma coisa que eu? — perguntou o senhor Tor Tor. — Parece que de repente comecei a sentir um cansaço enorme.

— Pois é, o que será isso? — perguntou Jim, que não conseguia parar de abrir a boca.

Lucas também já ia começar a bocejar. Interrompeu o bocejo no meio e fitou Jim e o senhor Tor Tor.

— O oxigênio! — exclamou ele. — Não é cansaço comum! Nosso oxigênio está acabando! Sabem o que o que isto significa?

— Que precisamos voltar imediatamente para a superfície — disse o senhor Tor Tor, apavorado.

— Certo — concordou Lucas. Bateu na janelinha, e o ondino, que estava sentado ao lado da noiva na dianteira da locomotiva, veio nadando lentamente até a janelinha da cabine. Através de gestos, Lucas disse-lhe que tinham que voltar imediatamente para a superfície.

Urchaurichuum fez que sim com a cabeça e foi nadando lentamente até Sursulapitchi, para lhe transmitir o desejo dos viajantes. Sem demora, a sereiazinha ordenou que os cavalos-marinhos começassem a nadar para cima. A frente da locomotiva chegou a erguer-se algumas vezes, mas acabava sempre voltando à posição inicial. Ema estava pesada demais.

O ondino nadou de volta até a janelinha, balançou a cabeça e sacudiu os ombros. Pela expressão do rosto dos que estavam lá dentro, deu para ele perceber que a coisa estava começando a ficar séria. Urchaurichuum fez um movimento com a mão para acalmar os passageiros e voltou até onde estava a sereia, para discutir o assunto com ela.

— Se a gente escoar a água que está na caldeira, Ema vai subir por si mesma — murmurou Jim, que, apesar do perigo, estava quase fechando os olhos de sono.

— Debaixo da água não dá para escoar água — explicou Lucas. — Jim, acho que fizemos uma grande besteira.

— E se a gente simplesmente saísse daqui de dentro e fosse nadando até a superfície? — Sugeriu Jim.

Mas Lucas sacudiu a cabeça negativamente: — Estamos muito longe da superfície. Com certeza morreríamos afogados.

— O que vamos fazer então? — perguntou o senhor Tor Tor, tremendo.

— Esperar — respondeu Lucas. — Tomara que os dois lá fora consigam achar alguma saída.

Depois foi até a chapa de ferro que vedava o tubo de alimentação de carvão. Deslocou-a lentamente para o lado, para ver se tinha entrado água no tênder. Cerca de meio balde de água tinha se infiltrado pela fresta da tampa, e essa água escoou para dentro da cabine. Junto com ela, porém, entrou também uma rajada de ar fresco, que tinha ficado armazenado dentro do tênder.

— Com este ar ainda podemos agüentar mais um pouquinho — disse Lucas.

— Quanto tempo? — perguntou o senhor Tor Tor.

— Não faço a menor idéia — respondeu Lucas. — De qualquer forma, por enquanto dá. Agora vamos parar de falar, para não usarmos muito ar. Parece que os dois lá fora chegaram a uma conclusão.

E tinham chegado mesmo. O ondino lembrou-se de que Nepomuk ligaria as luzes do mar à meia-noite. Portanto, não ia demorar muito. A primeira coisa a fazer, então, era tirar a locomotiva o mais rápido possível do campo de atração dos recifes magnéticos. E, para levar Ema até a superfície, o jeito era rumar com ela para alguma ilha onde a areia fosse descendo da praia lentamente até o fundo do mar, de modo que os cavalos-marinhos pudessem subir o aclive puxando a pesada locomotiva. Sursulapitchi conhecia uma ilha que era assim. Não era muito perto dali, mas se eles se apressassem talvez conseguissem chegar a tempo. Como não podiam perder um minuto, Sursulapitchi ordenou que a legião de cavalos-marinhos partisse imediatamente a toda velocidade. Os animaizinhos saíram galopando o mais rápido que podiam.

Calados e muito tensos, os três viajantes de dentro da cabine perceberam que a locomotiva começou a se distanciar dos rochedos a uma velocidade incrível.

— Acho que tiveram alguma idéia — disse Jim, bem baixinho, com a voz cheia de esperança. — Estou curioso por saber para onde eles vão nos levar.

— Pare de falar. Não sabemos quanto tempo isso vai demorar — disse Lucas.

Os três calaram-se novamente e foram apreciando a paisagem do fundo do mar, iluminada pelos faróis: como em câmara rápida, ela passava cada vez mais depressa pelos seus olhos.

A princípio, a locomotiva só atravessava montes de areia. Ali não parecia haver vida alguma, exceto alguns siris enormes, que lembravam pedaços de rocha ambulantes.

Pouco depois, a locomotiva se aproximou de uma vala muito profunda, que parecia rasgar todo o fundo do mar. Sursulapitchi e Urchaurichuum atiçaram ainda mais os cavalos-marinhos e juntos "voaram" com a locomotiva por cima do abismo. Sãos e salvos, aterrisaram do outro lado e a viagem prosseguiu à mesma velocidade. Os cabelos prateados de Sursulapitchi iam ondulando atrás dela, como se fossem milhares de cobrinhas.

Nenhum dos três viajantes era capaz de dizer quanto tempo a viagem poderia levar. Já devia ser por volta de meia-noite, e eles já estavam fora do campo de atração dos recifes magnéticos. Dentro da cabine, os três lutavam contra a sonolência, que cada vez mais ia tomando conta deles. Será que iam chegar ao lugar de sua salvação antes que fosse tarde demais?

De repente deu para sentir que estavam rumando para a superfície. Por um momento tiveram a impressão de terem chegado a uma ilha, mas logo voltaram a seguir em frente.

Jim não conseguia mais manter os olhos abertos. Lucas é o que estava melhor dos três, pois o gigante de mentira já tinha adormecido e respirava com dificuldade.

Como num sonho, os dois amigos viam descortinar-se lá fora uma paisagem maravilhosa. Florestas de corais alternavam-se com campos floridos de pérolas. E aquelas montanhas e rochedos ali em frente... não eram de pedras preciosas lapidadas e multicoloridas? De repente pareceu-lhes estarem passando por uma ponte enorme e arqueada. Mas... será que havia pontes ali embaixo? Parecia uma cidade submersa, muito antiga, com palácios e templos maravilhosos, tudo construído da mesma pedra preciosa multicolorida.

Nesse momento, Nepomuk deve ter acionado o grande ímã, pois todo o fundo do mar ganhou um tênue brilho esverdeado. Os palácios em ruínas começaram a brilhar e a reluzir nas mais lindas cores do arco-íris.

Essa imagem maravilhosa foi a última coisa que Jim ainda conseguiu ver. Depois disso, não pôde mais resistir e mergulhou num sono profundo. Finalmente, os olhos de Lucas também se fecharam.

Em disparada, os cavalos-marinhos cortavam as ruas de uma cidade submersa rumo a seu destino desconhecido.

Capítulo dezenove

onde uma carta escrita errado coloca nossos amigos na pista certa

Quando Jim acordou, estava deitado de costas e tinha o céu bem na frente dos olhos. As últimas estrelas ainda brilhavam meio pálidas, enquanto a luz da aurora começava a clarear o céu. Jim sentiu que estava deitado sobre areia macia. Foi então que ouviu o marulhar de ondas. Ergueu um pouco a cabeça e viu que à sua esquerda estava Lucas, e à sua direita o senhor Tor Tor, ambos também começando a acordar.

Jim levantou-se e sentiu que sua cabeça ainda estava muito pesada. Bem perto dali, na água rasinha da praia, o menino viu a sereiazinha com o queixo apoiado nas mãos, como se estivesse esperando por alguma coisa. Um pouco mais para dentro da água estava a boa e velha Ema, com as portas e janelas da cabine bem abertas.

— Oi! Que bom que vocês acordaram! — disse Sursulapitchi, muito contente.

— Onde estamos? — perguntou Jim, meio tonto.

— Trouxemos vocês para essa pequena ilha, onde a areia vai descendo suavemente da praia até o fundo do mar. Foi por isso que os cavalos-marinhos conseguiram puxar vocês até aqui. Foi uma longa viagem, mas era o único jeito de salvá-los.

Jim olhou à sua volta. Depois esfregou os olhos e olhou de novo. Não era possível! Pois é... mas era verdade! Eles estavam em Lummerland!

— Lucas! — gritou Jim, sacudindo o amigo. — Lucas, acorde! Estamos em casa! Estamos em Lummerland!

— É verdade? — perguntou Sursulapitchi, batendo palminhas. — Vocês estão mesmo em casa? A gente trouxe vocês para cá por acaso!

Sentindo o corpo pesado, Lucas ergueu-se e, confuso, olhou ao seu redor. Ao ver sua pequena estação, a casa do senhor Colarinho, a mercearia da senhora Heem, os dois picos e entre eles o castelo do rei Alfonso Quinze-para-Meio-Dia, Lucas endireitou o boné na cabeça e olhou muito satisfeito para Jim.

— Caramba, rapaz... estou começando a achar que nós somos dois caras de sorte — disse.

— Também acho — concordou Jim, dando um suspiro de desafogar a alma.

— Ainda não consigo acreditar — disse Lucas para a sereia. — Como é que fomos agüentar uma viagem tão comprida dentro do camarote da nossa locomotiva?

— Não teriam agüentado, mesmo, se meu noivo, Urchaurichuum, não estivesse conosco — disse Sursulapitchi, toda orgulhosa. — Ele conhece muitos segredos, além de ser um excelente curandeiro. Quando conseguimos chegar aqui e abrimos as portas de sua locomotiva, vocês pareciam estar quase mortos lá dentro. Urchaurichuum tirou vocês para fora e colocou os três deitados na areia da praia. Como viu que ainda havia um sopro de vida em vocês, deu a cada um um pouquinho de um remédio secreto que ele sempre carrega dentro de um pequeno frasco. Na mesma hora vocês recomeçaram a respirar.

— Onde está esse ondino maravilhoso, para a gente apertar sua mão milagrosa? — perguntou Lucas.

Logo que viu que vocês estavam salvos, meu noivo foi embora — explicou Sursulapitchi. — Ele queria se encontrar imediatamente com Nepomuk, para tentarem resolver juntos a tarefa que o meu pai determinou. Deixou lembranças e mandou agradecer muito a ajuda de vocês. Disse que sem vocês jamais teria sido possível reatar laços de amizade com um ser do fogo.

— Ora, ora... isso teria se resolvido de um jeito ou de outro — disse Lucas. — Mas, por favor, diga a seu noivo que nunca vamos esquecer o que ele fez por nós. Quando vocês dois estiverem juntos, venham nos visitar.

— Viremos sim — replicou a princesinha, verde-escura de alegria. — Ah! Já ia quase esquecendo. Lormoral, rei do mar e meu pai, disse para fazerem um pedido, para ele poder atendê-los.

— Molly — disse Jim na mesma hora. — Talvez ele possa mandar procurá-la para mim.

— Vou dar o recado — respondeu Sursulapitchi. — Então, tudo de bom para vocês. Quero sair agora mesmo atrás de Urchaurichuum. Espero que vocês compreendam... fazia um tempão que a gente não se via...

— Claro — disse Lucas, levando a mão à aba do boné, — Nossos cumprimentos e... até breve!
— Até breve! — repetiu Jim.

A sereiazinha desapareceu na água. Nesse momento, o senhor Tor Tor acordou e arregalou os olhos, admirado com o que estava vendo ao seu redor. Os dois amigos contaram a ele onde estavam, e o gigante de mentira mal conseguiu se controlar de emoção ao ver aquela linda ilha banhada pela luz rosada da manhã... era ali que ele ia exercer sua profissão de farol.

Primeiro, Lucas e Jim empurraram Ema para fora da água e a recolocaram sobre seus velhos trilhos, na pequena estação. Em seguida, Jim saiu correndo em direção à casa onde funcionava a mercearia, entrou depressa no quarto da senhora Heem e abraçou-a. Depois foi acordar Li Si. A casinha quase desmoronou com toda aquela agitação de encontros e cumprimentos.

Enquanto isso, Lucas tinha ido acordar o senhor Colarinho, para apresentá-lo ao gigante de mentira. Os três subiram até o castelo do rei e começaram a bater forte na porta, para arrancar Sua Majestade da cama.

Quando finalmente Alfonso Quinze-para-Meio-Dia apareceu na porta, Lucas disse: — Majestade, gostaria de apresentar-lhe o senhor Tor Tor, nosso futuro farol.

Levou algum tempo para o rei acreditar que o senhor Tor Tor era de fato um gigante de mentira, pois de perto, como dissemos, ele era até um pouco mais baixo do que Lucas, o maquinista. Infelizmente não dava para provar à Sua Majestade que estavam dizendo a verdade, pois em Lummerland não era possível afastar-se muito do senhor Tor Tor. O rei teve que confiar na palavra deles.

Depois todos se reuniram na casa da senhora Heem e, enquanto tomavam café da manhã na pequena cozinha, os dois amigos narraram todas as suas aventuras. Ao terminarem, todos ficaram calados, profundamente tocados pela perda da pequena locomotiva. Foi quando Li Si quebrou o silêncio e disse:

— Acho que eu sei quem pegou a Molly.

Com os olhos arregalados de admiração, Jim olhou para ela.

— Como eram mesmo esses recifes magnéticos? — perguntou a princesinha.

Lucas descreveu-os mais uma vez em todos os detalhes, e chegou até a desenhá-los numa folha de papel.

— São eles! — exclamou Li Si. — São os mesmos recifes de ferro onde os piratas me entregaram ao dragão Dentão. Foram Os Treze que roubaram a Molly!!

Perplexo, Lucas olhou para Jim e deu um murro na mesa, fazendo as xícaras e os pratos voarem.

— Puxa vida, Jim... como é que não pensamos nisso, quando vimos aqueles negócios de ferro? — rugiu ele. — Afinal, recifes de ferro não existem tantos assim. Agora sei quem foi que danificou o ímã: só pode ter sido o dragão! Foi no dia em que ele recebeu Li Si. Senão o navio dos piratas não poderia ter-se aproximado sem se arrebentar de encontro aos recifes.

Com os olhos semicerrados, Lucas ficou dando umas baforadas no cachimbo com o olhar perdido. Depois prosseguiu: — Muito bem, agora já temos umas contas a ajustar com esses 13 Piratas. Primeiro eles roubaram Jim de algum lugar, meteram o garoto num pacote para mandá-lo à senhora Dentão, e agora roubam a nossa pequena locomotiva. Quando a gente encontrar esses caras, eles vão se arrepender de ter nascido. A questão é saber como e onde encontrá-los. O oceano é grande e eles podem estar em qualquer lugar entre o pólo norte e o pólo sul.

Bem, a princípio nossos amigos nada podiam fazer para salvar Molly, a pequena locomotiva. Tinham que ficar esperando até conseguirem algum ponto de referência que indicasse onde encontrar os 13 Piratas.

Alguns dias se passaram. O senhor Tor Tor estava morando temporariamente na casa do senhor Colarinho, enquanto Lucas e Jim construíam para ele uma linda casinha branca de janelinhas verdes em Nova-Lummerland. Com a ajuda do próprio senhor Tor Tor, o trabalho avançava rapidamente.

À noite, conforme o combinado, o senhor Tor Tor sentava-se no pico mais alto de Lummerland com uma lanterna na mão. É verdade que por aqueles dias nenhum navio passaria por ali, mas o gigante de mentira queria treinar sua nova função. Além disso, ele dizia que nunca se podia garantir que algum navio perdido não fosse aparecer por aqueles lados.

Jim tinha mudado muito nos últimos tempos. Estava mais sério. Às vezes, enquanto o menino estava trabalhando, calado e concentrado, Li Si olhava-o de lado, sentindo um grande respeito por ele.

— Durante o tempo que vocês estiveram fora, tive muito medo de acontecer alguma coisa de ruim para você — disse ela certa vez. — Senti medo por Lucas, também; mas por você, então, nem se fala.

Jim sorriu para a garota.

— Quando Lucas está por perto, nada de ruim pode acontecer com a gente — disse ele.

Já fazia mais ou menos uma semana que eles tinham voltado quando, tarde da noite, o barco postal aportou inesperadamente na praia de Lummerland. Lucas, que estava na estação ao lado de Ema, cumprimentou o carteiro.

— Boa noite! — disse o carteiro. — Vocês conseguiram um farol e tanto. Verdade mesmo! Dá para enxergá-lo a mais de cinqüenta milhas daqui. Aquele é o gigante de mentira que vocês queriam ir buscar? É que no escuro só dá para ver a luz da lanterna.

Lucas levou o carteiro até o alto do pico e apresentou-o ao senhor Tor Tor. O gigante de mentira ficou muito feliz e orgulhoso, pois era a primeira vez que ele realmente funcionava como farol. Em seguida, foram até a casa da senhora Heem.

— Trouxe uma carta com um endereço completamente confuso, como aquele que estava no pacote em que Jim Knopf chegou. Aí eu achei que o melhor era trazer a carta para a senhora Heem.

Entraram na pequena cozinha, onde Jim e Li Si estavam jogando "rouba-monte" e a senhora Heem estava costurando umas meias. Quando viu a carta, a boa senhora levou um susto.

— É melhor o senhor levar esta carta de volta — disse ela, imediatamente. — Prefiro não saber o que está escrito aí. Na certa não é nada de bom.

— É uma carta dos 13 Piratas para a senhora Dentão, o dragão — resmungou Lucas.

— Talvez traga alguma notícia sobre Molly.

Lucas rasgou o envelope, desdobrou o papel e leu em voz alta:

> SRA JENJAM
> A SRA NAM TEM
> RUM. A XENTE NAM
> FAI USAR ESSE
> NAFIU FEIU.
> LEIA ISSU E FENIA.
> A XENTE FAI
> JEFULFER NAFIU E
> A SRA JRAS RUM
> 13

Lucas baixou a folha de papel.

— Esta é a prova de que Molly está com eles. Eles acham que ela é um navio e que o dragão colocou nossa locomotiva naquele lugar em vez de rum que queriam.

— Ainda nem perceberam que a senhora Dentão não está podendo voltar lá — disse Jim.

— Por esta carta, parece que eles não são lá muito espertos — disse Lucas.

— É mesmo... — concordou o carteiro, com um suspiro. — Que coisa mais vergonhosa...

Lucas prosseguiu: — Seja como for, Molly está com eles, e os piratas estão querendo devolvê-la ao dragão da próxima vez. Vamos ter que encontrá-la antes, pois ninguém sabe o que esses caras poderão fazer com a locomotiva, quando chegarem e o dragão não estiver lá.

— Mas quando será essa "próxima vez"? — perguntou Jim, preocupado.

— Bem, se a gente soubesse disso e de mais alguns outros detalhes... — resmungou Lucas. — Vamos montar um plano amanhã cedo. Precisamos estar com a cabeça fresca.

Então, todos foram acompanhar o carteiro até a praia; agradeceram a ajuda dele e ficaram vendo o barco postal se afastar.

Pouco depois, estavam todos dormindo. Só o senhor Tor Tor continuava sentado no topo da montanha, segurando sua lanterna.

Capítulo vinte

onde o Dragão de Ouro da Sabedoria acorda

Na manhã seguinte, depois de tomar café, Lucas foi buscar Jim e os dois foram sentar-se juntos na praia, no lugar de costume. Dali, ficaram observando o mar e conversando sobre como começar a procurar uma pista dos 13 Piratas. Mas, por mais que tentassem, não conseguiam imaginar nenhuma saída.

Quando já fazia mais ou menos uma hora que estavam ali quebrando a cabeça, o senhor Colarinho chegou apressado, tirou o chapéu-coco e disse:

— Sua Majestade, o digníssimo rei, pede a vocês dois que venham à sua presença no castelo. Ele disse que se trata de um assunto diplomático muito urgente. O Imperador de Mandala está ao telefone e deseja falar com vocês.

Os três foram correndo até o castelo e entraram. O rei Alfonso Quinze-para-Meio-Dia, cumprimentou-os e passou o fone para Lucas.

— Alô? Aqui é Lucas, o maquinista.

— Bom dia, meu querido e honrado amigo, salvador da minha filha — disse a voz sonora do Imperador de Mandala, do outro lado da linha. — Tenho uma notícia importante e muito boa para você e seu amiguinho Jim. Pelos cálculos de nossas Flores do Saber, vai levar apenas mais alguns dias para o dragão acordar. Alô? Alô? Está me ouvindo?

— Sim... estou ouvindo muito bem — respondeu Lucas.

— Certo... bem, o dragão vai acordar dentro de alguns dias — prosseguiu o Imperador. — Seu sono de um ano e sua transformação transcorreram sem qualquer distúrbio. Ontem, pela primeira vez, a senhora Dentão mexeu a ponta da cauda. Segundo o zoólogo-mor da corte, isso é sinal de que logo ela vai acordar. Então pensei que vocês talvez desejassem estar presentes quando isto acontecer.

— E como! — disse Lucas. — Já estava mais do que na hora! Temos umas coisas muito importantes e urgentes para perguntar a essa senhora dragão.

— Foi o que imaginei — respondeu o Imperador. — Por isso já enviei a Lummerland meu navio oficial. Ele chegará à sua ilha dentro de alguns dias e trará vocês a Mandala o mais rapidamente possível.

— Muito obrigado. É muita gentileza sua, Majestade — disse Lucas.

— A propósito, como vai a minha filhinha? Ela descansou bem aí nessa ilha maravilhosa? — perguntou o Imperador.

— Acho que sim — disse Lucas. — Ficou ajudando a senhora Heem na mercearia. Acho que está se divertindo muito!

— Tem razão... acho que assim ela se sente útil — disse o Imperador, satisfeito. — Por favor, digam para ela voltar para casa com você e com Jim Knopf. As férias vão terminar logo e ela vai precisar de alguns dias para se preparar para a escola e para fazer seu exame de obtenção do grau de princesa.

— Pode deixar que eu digo — garantiu Lucas. Em seguida, ele se despediu e desligou o telefone.

Nos dias que se seguiram, Lucas, Jim e a princesa Li Si prepararam-se para a viagem a Mandala. Li Si arrumou as malas, que aliás eram feitas da mais fina pele de colibri mandalense, com fechos e cadeados de prata. Lucas amarrou numa trouxa todas as coisas que costumava levar dentro da cabine do maquinista. Desta vez a boa e velha Ema ficaria em casa, primeiro porque ela ainda não tinha se recuperado totalmente das aventuras e da confusão da viagem anterior, e depois porque não iam mesmo precisar dela. Portanto, era melhor deixá-la em casa, descansando, já que não iam ficar muito tempo fora. A senhora Heem arrumou a mochila de Jim, sem esquecer o macacão azul de maquinista, que acabara de passar, junto com o boné e o minicachimbo.

Finalmente chegou o majestoso navio do Imperador Pung Ging. Durante o dia o senhor Tor Tor ficava escondido em casa, para não assustar os navios que se aproximavam. Os dois amigos cumprimentaram o capitão, seu velho conhecido desde o dia em que tinham apanhado juntos a ilha flutuante. Depois despediram-se de todos os habitantes de Lummerland e subiram a bordo, junto com a princesinha Li Si. Como não queriam perder tempo, o navio içou a âncora imediatamente e zarpou rumo a Mandala.

Alguns dias depois, numa manhã radiante, o navio imperial aportou no mesmo cais em que, há um ano, tinha partido rumo a Lummerland levando os mesmos passageiros. No porto, o navio estava sendo esperado por uma multidão de pessoas e por diversas bandas de música. Naquele dia fazia exatamente um ano que eles tinham partido; portanto, era o dia em que o dragão adormecido deveria acordar.

Quando estavam descendo pelo desembarcadouro do navio, Lucas na frente e Jim e Li Si atrás, de braços dados, surgiram ao longe quatro carregadores de liteira. Sobre os ombros, traziam duas barras grossas e douradas, e sobre elas uma poltrona que, à primeira vista, parecia vazia.

— Coloquem-me no chão! Coloquem-me no chão! — reclamou nervosa uma vozinha fininha. Foi então que os viajantes viram que sobre as almofadas da poltrona estava sentado um menininho bem pequeno, de roupão dourado.

— É Ping Pong! — exclamou Lucas, todo feliz. — Que bom rever você, Ping Pong!

A liteira foi colocada no chão, e os dois amigos, seguidos por Li Si, apertaram a mãozinha do pequeno Bonzo-mor. É claro que nesse meio tempo o garotinho tinha crescido um pouco; já estava com cerca de dois palmos de altura. Louco de alegria, Ping Pong não parava de fazer reverências diante de seus amigos.

— Mas que alegria — piou ele —, honrados maquinistas da locomotiva condecorada! Que prazer indescritível em rever essa flor que é nossa querida princesa Li Si! Nem sei o que fazer para mostrar minha alegria e tudo o que lhes desejo de bom.

Levou um tempinho até Ping Pong conseguir se controlar um pouco. Então lembrou-se de que não podiam deixar o Imperador esperando, pois é claro que ele também queria abraçar a filha e cumprimentar os dois heróis maquinistas.

Assim, junto com o pequeno Bonzo-mor, os viajantes subiram numa magnífica carruagem mandalense, e, puxados por seis cavalinhos brancos, partiram para Ping, onde todas as ruas estavam ornamentadas com guirlandas de flores. Sob calorosos gritos de "— Viva!", uma multidão imensa de cidadãos, com seus filhos e netos, saudou a passagem dos visitantes. No topo dos noventa e nove degraus de prata que levavam ao portão do palácio, estava o digníssimo Imperador em pessoa.

— Meus queridos amigos! — gritou ele lá de cima. Em seguida desceu os degraus correndo, de braços abertos: — Finalmente nos encontramos de novo! Sejam bem-vindos!

Depois abraçou a pequena princesa, e ficou muito feliz por vê-la com uma aparência tão saudável e descansada. Terminados os cumprimentos, o Imperador disse: — Agora, meus amigos, vamos sem demora até onde está o dragão, senão o grande momento do seu despertar vai acontecer sem a nossa presença. Venham comigo... eu vou na frente.

Enquanto atravessavam o enorme portão de ébano do palácio, a princesinha cochichou para Lucas e Jim: — Vocês vão se surpreender com as instalações da jaula do elefante, que estava meio em ruínas quando o dragão foi colocado lá, um ano atrás. Nesse ano que passou, meu pai mandou reformar completamente o local e ordenou que ele fosse ricamente ornamentado.

Era verdade. De longe, ao atravessarem o jardim imperial e se aproximarem da casa do elefante, já viram a construção brilhando e reluzindo por entre as árvores. Embasbacados, os dois amigos pararam na frente daquele suntuoso monumento e quase esqueceram que tinham que entrar. O Imperador mandara transformar o velho estábulo com sua enorme cúpula em um pagode de muitos andares, ornamentado com centenas de milhares de pequenas torres pontiagudas em torno da torre principal. Tudo isso era maravilhosamente ornamentado com estátuas e desenhos, e com sininhos que ficavam tilintando bem baixinho.

Por fim, os dois conseguiram vencer o encanto daquela maravilhosa visão e entraram no edifício, atrás do Imperador, passando por um magnífico portão de ouro. Levou alguns minutos para seus olhos se habituarem à tênue iluminação multicolorida, que vinha de incontáveis lanternas de todas as cores. No interior do edifício, as paredes também eram ricamente ornamentadas até o teto, e os relevos e desenhos tinham um brilho estranho na penumbra. Do alto da cúpula, em cujo centro havia uma clarabóia de âmbar, um raio de luz dourada, lindo, descia em diagonal até o fundo escuro do salão, iluminando a figura do dragão.

Num primeiro momento, Lucas e Jim não conseguiram reconhecer na senhora Dentão nenhum traço daquele dragão que há um ano tinham dominado em Mummerland. Pouco a pouco, porém, foram notando algumas semelhanças. Seu focinho não era mais tão comprido e pontudo, e aquele dentão horrível também tinha desaparecido. Sua cabeça lembrava vagamente a cabeça de um leão. O corpo estava agora mais esbelto e também tinha crescido um pouco. O mesmo tinha acontecido com a cauda, que o dragão tinha enrolado no corpo, como fazem os gatos. Aquela pele horrível, toda escamosa, que o dragão tinha antes, estava coberta de desenhos e sinais misteriosos. A senhora Dentão parecia uma estátua gigantesca; estava com a cabeça imóvel, deitada sobre as duas patas dianteiras, e a luz que vinha do teto refletia-se em seu corpo dourado com tanto brilho, que chegava a ofuscar a vista.

Jim segurava a mão de Lucas, e assim os dois permaneceram, calados, cheios de respeito e admiração pelo que estavam presenciando. Embora não restasse nenhuma dúvida, os dois mal podiam acreditar que tinham sido os responsáveis por aquela transformação maravilhosa. Afinal, tinham vencido o dragão e não o tinham matado.

Um pouco atrás dos dois amigos estavam o Imperador, Li Si e Ping Pong. A princesinha estava com o pequeno dignitário no colo e segurava a mão de seu pai.

De repente, o brilho da pele do dragão começou a se intensificar. Ele acabara de se transformar num Dragão de Ouro da Sabedoria. Por um momento, um estranho tilintar estremeceu o silêncio que pairava no ar. Devagar, bem devagar, o dragão ergueu o tórax e apoiou-se nas patas dianteiras. Abriu os olhos, cujo brilho flamejante tinha a cor de esmeraldas verde-escuras, e fitou os dois amigos.

Sem querer, Jim apertou mais a mão de Lucas. Mais alguns minutos se passaram e, com a sonoridade grave de um enorme gongo de bronze, ecoaram de dentro do Dragão de Ouro da Sabedoria as seguintes palavras:

— Estão aí os que chamo de meus mestres?

— Sim — respondeu Lucas. — Estamos aqui.

— Que bom que vocês vieram — prosseguiu o dragão —, pois é chegada a hora de cumprirem a missão a que estão predestinados. O enigma será resolvido.

— Diga-nos uma coisa... — quase Lucas disse "senhora Dentão", mas de repente sentiu que não devia chamar assim aquele dragão. Corrigiu-se em tempo: — Por acaso o senhor Dragão de Ouro da Sabedoria sabe o que o destino nos reserva?

— Sei — respondeu o dragão, com um sorrizinho

Sem querer, Jim apertou mais a mão de Lucas.

que parecia brincar em sua boca. — Sei tudo o que estão desejando me perguntar.

— E o senhor vai responder a todas as perguntas que lhe fizermos? — perguntou Jim.

— Responderei a tudo o que vocês tiverem necessidade de saber agora — disse o dragão. — Se eu respondesse a todas as perguntas, cujas respostas vocês mesmos devem buscar com seu próprio esforço e determinação, eu não seria um Dragão de Ouro da Sabedoria, e sim um dragão de barro da fofoca. Portanto, ouça, senhorzinho: não me pergunte agora sobre sua origem. Logo você vai ficar sabendo de tudo pelo seu esforço e inteligência. Mas ainda não chegou a hora. Por isso, tenha paciência!

Confuso, Jim calou-se e não ousou perguntar mais nada. Lucas já ia perguntar onde e como poderiam encontrar os 13 Piratas, quando o dragão começou a falar:

— Preparem um navio com muitas armas, grandes e pequenas. O casco e as velas devem ser azuis como as águas do mar. Sobre o azul pintem ondas, da quilha do navio até a pontinha mais alta do mastro. Assim camuflados, deixem-se levar pelo vento e pelas correntes. Podem ter certeza de que serão levados ao lugar certo. Mas se por impaciência ou teimosia vocês tomarem uma única vez o leme do navio, estejam certos de que nunca mais encontrarão o lugar.

O dragão parou de falar por alguns instantes, depois prosseguiu:

— Finalmente verão aproximar-se um navio com velas vermelho-sangue. Ele virá do sul, à luz da alvorada.

— Os 13 Piratas! — murmurou Jim, e sem querer sentiu o corpo tremer.

— É assim que eles se chamam — prosseguiu o dragão. — E você, meu senhorzinho, depois de aprisioná-los pela própria força e pela própria fraqueza deles, desvendará o seu erro, os libertará do engano em que vivem.

— O que ele quer dizer com isso? — sussurrou Jim a Lucas. Mas antes que o maquinista pudesse responder, o dragão continuou a falar:

— Eles vêm de seu invencível burgo rebelde, que nenhum olhar estranho conseguiu ver até hoje, e do qual nenhum navio estranho jamais conseguiu se aproximar. Esse burgo fica longe, nas terríveis Terras Que Não Podem Ser, que há mais de mil anos erguem-se em direção ao céu, em meio ao fervilhar dos elementos.

— E para onde eles estão viajando? — perguntou Lucas, muito ansioso.

— Estão a caminho dos recifes de ferro, onde pretendem encontrar o dragão que eu fui um dia, a fim de trocarem com ele uma presa que possuem. É a caminho dos recifes que vão cruzar com o navio de vocês. Só quando estiverem bem perto é que vão perceber sua presença. Então vocês terão que agir depressa e com coragem. Saibam, porém, que esses piratas são os homens mais destemidos, fortes e desumanos que existem, e que até hoje jamais foram vencidos por ninguém.

Pensativo, Lucas concordou com a cabeça. Jim já ia perguntar sobre a sua locomotivinha, quando o dragão disse:

— O que você perdeu, vai receber de volta. O que recebeu de volta, vai perder. Mas no final vai ficar para sempre com aquilo que é seu, e seus olhos verão o que é quando chegar a hora.

Jim não conseguiu entender o significado dessas palavras enigmáticas. No fundo, porém, achava que o mais importante era saber que acabaria tendo Molly de volta, pois o dragão havia dito isto claramente. Ou será que não? Confuso, perguntou:

— Por favor, será que vamos vencer a batalha contra os 13 Piratas?

— Vencer você vai — respondeu o dragão, de forma ainda mais misteriosa —, mas não na batalha. Pois o vencedor será vencido, mas o vencido vencerá. Por isso escute, meu pequeno senhor e mestre: NO OLHO DA TEMPESTADE VOCÊ IRÁ VISLUMBRAR UMA ESTRELA DE CINCO PONTAS, VERMELHA COMO SANGUE. AGARRE A ESTRELA E SE FAÇA SENHOR. DESCOBRIRÁ ASSIM O SEGREDO DE SUA ORIGEM.

O dragão calou-se, e parecia não estar querendo continuar a falar. Seu olhar cor de esmeralda passou por cima das pessoas e perdeu-se, imóvel, na distância.

Os dois amigos ainda esperaram um pouco, mas não aconteceu mais nada. — Parece que ele já disse tudo o que tinha a dizer — resmungou Lucas. Depois, virando-se para o dragão, disse:

— Muito obrigado, Dragão de Ouro da Sabedoria! Ainda que não tenhamos entendido tudo o que você nos disse, pelo menos agora sabemos como encontrar os 13 Piratas.

— É isso mesmo, muito obrigado! — acrescentou Jim, e sem querer fez uma reverência. O dragão não respondeu, mas novamente um sorriso pareceu desenhar-se em sua boca.

Pensativos, os dois amigos saíram da sala, seguidos pelo Imperador, Li Si e Ping Pong.

— Foi tudo muito estranho — disse a princesa.
— O que faremos agora? — piou o pequeno Bonzo-mor.
— Vamos até a sala do trono e lá discutiremos o assunto — disse o Imperador.
Calados, puseram-se a caminho.

Capítulo vinte e um

*onde aparece um navio azul
da cor do mar com um clandestino a bordo*

Na sala do trono, sentaram-se para discutir o assunto. Lucas disse: — Confesso que não entendi nem metade do que o Dragão de Ouro da Sabedoria nos disse.

— E eu nem um quarto — disse Jim.

Os outros concordaram com a cabeça, pois com eles tinha acontecido a mesma coisa.

— Bem — começou Lucas, acendendo o cachimbo —, acho que não há muito o que discutir. Só nos resta esperar que a verdade das palavras do dragão se revele.

— O que será esse tal olho da tempestade, onde Jim Knopf verá uma estrela? — perguntou o Imperador, perdido em pensamentos.

— E essas Terras que Não Podem Ser? — acrescentou Li Si, apoiando a cabeça na mão.

— Como foi mesmo o negócio do vencedor que será vencido? — piou Ping Pong. — E aquele negócio de perder o que se tinha recebido de volta e de ver quando se for vencido, ou... como é mesmo?

— Realmente não sei o que tudo isto pode significar — disse o Imperador.

Pensativo, Lucas soltou umas argolinhas de fumaça e disse:

— Acho que só aos poucos é que todas essas coisas vão se esclarecer. Cada uma a seu tempo. Pelo menos foi isso que o dragão deu a entender. Aliás, concordo plenamente com ele quando diz que nós mesmos devemos investigar o segredo da origem de Jim Knopf.

— Ele nos disse que primeiro devemos procurar os 13 Piratas — observou Jim.

— Sim, não há dúvida — concordou Lucas. — Se eles nos escaparem, conseguirem chegar até os recifes de ferro e não encontrarem o dragão, só Deus sabe o que serão capazes de fazer com Molly.

— O que vamos fazer agora, caros maquinistas? — piou Ping Pong.

— Você ouviu muito bem o que ele disse — replicou Lucas. — Precisamos de um navio armado, todo pintado de azul, e com listras brancas que imitem ondas. Inclusive as velas.

— Se vocês quiserem usar meu navio oficial, ele está à sua disposição — sugeriu o Imperador. — Como vocês sabem, é um navio muito veloz, incrivelmente forte e resistente.

— Muito obrigado, Majestade. Acho que seu navio é mesmo o mais indicado — disse Lucas.

Em seguida, todos foram juntos até o porto para tomarem as providências necessárias.

É claro que três dias era muito pouco tempo para armar o enorme navio imperial com canhões e outras armas, e ainda por cima pintá-lo de azul com ondas brancas da quilha até a ponta do mastro. Mas o Imperador chamou um verdadeiro batalhão de artesãos e especialistas, de forma que o trabalho progrediu de vento em popa. Jim e Lucas passavam o tempo todo dentro do navio e ajudavam como podiam, supervisionando o trabalho e determinando como tudo devia ser feito.

Na noite anterior à partida estava tudo pronto. O casco do navio, todo pintado, ficou lindo. O próprio Imperador ordenara que as enormes velas fossem feitas de seda azul celeste. No convés havia duas fileiras de dez canhões de grosso calibre, uma de cada lado. Fora isso, trinta marujos bem fortes e muito experientes haviam sido recrutados, todos loucos para acabar de uma vez por todas com as piratarias dos 13 Piratas.

Na hora de testarem o navio, Jim e Lucas ficaram em terra para observarem o efeito da camuflagem. Tinha ficado tão perfeita, que a meia milha de distância já não dava para distinguir o navio a olho nu, de tão bem que a pintura imitava as ondas de verdade.

Aliás, o pequeno Ping Pong também estava presente a este teste. Sua espantosa habilidade, graças à qual ele ocupava o cargo de Bonzo-mor e tinha direito a vestir aquele roupão dourado, foi novamente colocada à prova nesse dia. Com verdadeiro fervor, ele cuidara para que tudo saísse segundo a vontade dos dois veneráveis maquinistas. Nos últimos dois dias, ele quase não tivera um minuto de sossego. Agora estava muito orgulhoso por tudo ter dado tão certo. Além do mais, ele tinha decidido participar da viagem. Muito sério, justificou assim sua decisão:

— No caso de uma captura tão importante como a dos 13 Piratas, é indispensável que esteja presente um alto funcionário de Estado, para legitimar a prisão.

A princípio, é claro que Lucas e Jim tentaram dissuadi-lo, falando de todos os perigos do empreendimento. Mas Ping Pong teimou em viajar. Afinal, como ele era Bonzo-mor, os dois amigos acabaram por consentir, contanto que ele prometesse que iria para o camarote, que ficava abaixo do convés, caso a situação se tornasse muito perigosa. Naquela noite, ao retornarem ao palácio imperial, Lucas e Jim estavam confiantes no sucesso da viagem, que começaria na tarde do dia seguinte, exatamente à hora prevista.

Depois do jantar, Jim e Li Si foram passear no jardim imperial. Os dois deram de comer aos búfalos de cor púrpura, que eram muito mansos e tinham uma crina bem comprida e ondulada, e aos unicórnios mandalenses, cujo pêlo brilhava como a luz do luar.

Até então, as duas crianças vinham se entendendo maravilhosamente bem. Mas justamente na noite anterior à partida para aquela viagem tão perigosa, e que representava um teste tão importante para o menino, Jim e a princesinha começaram a discutir. Na verdade, nem houve motivo para isso. Mas é sempre assim que acontece. No fim, nenhum dos dois sabia dizer como tudo tinha começado.

Jim estava acariciando o pêlo sedoso de um macaquinho que se aproximara dele, quando disse, meio por acaso:

— Você sabia que o Ping Pong vai junto com a gente?

— Não — respondeu a princesinha, surpresa. — Ele não tem medo?

Jim sacudiu os ombros e continuou andando em direção de um veado azul de chifres prateados, que pastava ao lado de uma fonte.

Li Si estava numa dúvida cruel. É verdade que ela morria de medo dos piratas, mas se até Ping Pong tinha decidido viajar, e se Lucas também ia estar com eles, não podia ser tão perigoso assim. Além disso, no fundo ela sempre tivera vontade de viver uma experiência como aquela.

Correu atrás do garoto e, meio sem fôlego, perguntou:

— Será que vocês não poderiam me levar também?

Confuso, Jim fitou Li Si.

— Você? — perguntou ele. — Mas você é muito medrosa.

— Não sou, não — respondeu Li Si, corando. — Além disso, Lucas vai estar junto e você mesmo disse que quando ele está por perto a gente se sente seguro e protegido.

Jim sacudiu a cabeça.

— Não, Li Si — disse ele amavelmente, colocando o braço no ombro dela. — Desta vez a coisa não é para você. Você ainda é uma garotinha, e ainda por cima é uma princesa. Não está acostumada com essas coisas. Se a situação ficar grave, não vamos poder tomar conta de você, também não vamos poder voltar só por sua causa. Tente entender, Li Si.

Jim não tinha falado aquilo por mal, e a princesinha tinha tudo para entender, pois ela era mesmo muito medrosa. Mas Li Si achou que menino estava querendo mandar nela. Aquilo feriu sua dignidade de princesa e despertou nela o desejo de contrariá-lo. Como já dissemos, às vezes Li Si gostava muito de contrariar as pessoas.

— Mas eu quero ir — disse ela —, e eu vou!

— Não vai, não. Isso é coisa de homem. O Lucas que disse — revidou Jim.

— Ora essa... — disse ela, meio impertinente — você se acha muito importante, não é? Mas você só

— *Mas eu quero ir* — disse ela —, *e eu vou!*

está confiante desse jeito porque o Lucas vai junto. Você também não passa de um garotinho... e um garotinho que não sabe nem ler e escrever!

Agora foi Jim quem ficou zangado e achou que ela não devia ter dito aquilo.

— Existem pessoas que nascem para aprender a ler, escrever e todas essas bobagens, e existem pessoas que nascem para viver aventuras. Seja como for, para você o melhor é ficar aqui e continuar aprendendo. Você não se orgulha tanto disso? Não é tão inteligente? — disse o menino, magoado.

— Mas eu vou com vocês!
— Não vai!
— Vou!
— Não vai!
— Você vai ver! — gritou Li Si, e saiu correndo.

Jim pulou para o lombo do veado azul, deu umas palmadinhas no pescoço do bicho e murmurou, magoado:

— Quem ela pensa que é... princesa sabichona!

Mas Jim estava triste, pois gostava muito de Li Si e detestava brigar com ela.

A princesa correu direto para seu pai, que estava sentado com Lucas no terraço do palácio, apreciando o cair da tarde.

Quando viu a filha aproximar-se, o Imperador perguntou: — O que aconteceu, Li Si? Por que está tão triste?

— O Jim disse que eu não posso ir com eles, pois essa viagem não é coisa para mim. Só que eu quero ir.

— O Jim tem razão, é melhor, mesmo, você ficar aqui comigo — disse o Imperador, acariciando os cabelos da filha.

— Mas eu quero ir! — insistiu a princesa.

— Escute bem, Li Si — disse Lucas amavelmente —, outra vez você vai com a gente. Desta vez infelizmente não dá. Uma luta com piratas não é a coisa mais indicada para uma garotinha frágil como você.

— Mas eu quero ir! — teimou Li Si.

Cauteloso, Lucas prosseguiu: — Essas aventuras parecem muito interessantes quando a gente ouve alguém contar. Mas vivê-las não é nada engraçado. Estou falando por experiência própria.

— Mesmo assim eu quero ir — murmurou Li Si.

— Não — revidou Lucas, sério. — Ninguém vai poder tomar conta de você. Infelizmente desta vez não dá.

— Mas eu vou! — disse Li Si.

— Pois eu proíbo — respondeu o Imperador, com muita firmeza. — E não se fala mais nisso.

A pequena princesa afastou-se. Foi para o quarto e deitou na cama. Mas seu desejo de contrariar não a deixava em paz. Sem conseguir dormir, ela se virava de um lado para outro, pensando, pensando.

No meio da noite, quando todas as criadas já tinham pegado no sono e todas as luzes do palácio já tinham sido apagadas, Li Si levantou-se, vestiu-se sem fazer barulho, e saiu na ponta dos pés pela porta dos fundos, conforme aprendera com Ping Pong, pois o grande portão de ébano do palácio já estava trancado.

As ruas estavam escuras e desertas. A princesinha correu até o porto e, quando os marujos que montavam guarda foram para o outro lado do convés, ela entrou no navio camuflado e escondeu-se na despensa, atrás de alguns sacos.

— Quero só ver a cara do Jim — pensou ela, enquanto se acomodava. — Vamos ver se eu vou ou não vou viajar com eles...!

Com um sorriso de orgulho nos lábios, Li Si adormeceu.

Capítulo vinte e dois

onde acontece a grande batalha marítima com os 13 Piratas

Na manhã seguinte, quando estavam sentados à mesa do café em companhia do Imperador, os amigos se admiraram por Li Si não ter vindo se despedir deles. O Imperador mandou chamar a filha, mas quem veio foram as damas de companhia, muito nervosas, dizendo que a menina devia estar escondida em algum lugar, pois não a tinham encontrado.

Tristonho, Jim comentou: — Acho que ela ainda está magoada por causa de ontem, e não quer se despedir de mim.

— Mas isso não se faz — disse o Imperador, muito sério. — Não posso aprovar essa rebeldia...

— Ah, isso é coisa de princesa — resmungou Lucas. — Em todo caso, transmita a ela o nosso abraço e diga que, assim que tudo isso acabar, vamos organizar uma linda viagem marítima só para ela. Assim ela vai se sentir um pouco mais feliz.

Como não dava para perder mais tempo, os dois amigos não puderam ficar procurando Li Si. O Imperador acompanhou-os até o porto, abraçou-os e disse:

— Que o céu os proteja e que a sorte, que sempre tem estado ao lado de vocês, não os abandone nesta grande façanha. A partir de hoje, o sol vai deixar de brilhar para mim e para meu povo, e não se ouvirá um único riso de felicidade ou qualquer melodia em todo o reino, até que vocês voltem sãos e salvos.

Ele não imaginava o quanto tinha razão em dizer aquelas palavras!

Os dois amigos subiram no navio, onde Ping Pong já os esperava. No momento da partida, os marujos içaram a âncora e puxaram o desembarcadouro para dentro do navio. No cais, a multidão acompanhava tudo calada, e no meio dela estava o Imperador. Com o coração aflito, todos observavam o navio distanciar-se lentamente.

Lucas e Jim subiram na ponte de comando para falar com o capitão, seu velho amigo. O rosto do capitão estava tão curtido pelo sol e pelo vento, que parecia uma velha luva de couro.

— Agora me digam, amigos, que direção vamos tomar? — perguntou o capitão, depois de tê-los cumprimentado. — Preciso dar as instruções ao meu timoneiro.

— Infelizmente não sabemos — respondeu Lucas, soltando uma gorda baforada de fumaça. — O Dragão de Ouro da Sabedoria disse que devíamos simplesmente deixar o navio à deriva. Segundo ele, o vento e as correntes vão acabar nos levando ao lugar certo.

Confuso, o capitão fitou os dois amigos.

— Ou vocês estão sonhando, ou estão querendo mesmo zombar de mim — disse o capitão. — Da outra vez até deu para engolir aquela história da ilha flutuante, mas essa agora é demais.

— Não, não — replicou Jim. — É isso mesmo.

*Com o coração aflito, todos observavam o navio
distanciar-se lentamente.*

O dragão até disse que, se tentarmos dirigir o navio, não vamos encontrar o que estamos procurando.

— Quero que uma lagosta cozida me faça cócegas! — rugiu o capitão. — Meu jovem, até as sardinhas em lata estão morrendo de rir! Já me acostumei um pouco com as loucuras de vocês, mas isso que vocês estão querendo... acho que nunca nenhum marujo fez. Bem... vocês é que sabem.

Assim, o capitão ordenou ao timoneiro que não pusesse as mãos no leme e deixasse o navio à deriva. Preocupado, o timoneiro cruzou os braços e ficou observando a roda do leme virar-se para lá e para cá, na medida em que as ondas movimentavam o timão.

Num ziguezague que parecia interminável, o navio ganhou o alto mar. Sem ter o que fazer, os marujos ficavam debruçados na amurada, esperando. Soprava uma brisa muito leve, quase imperceptível, e a viagem avançava lentamente, embora todas as velas estivessem içadas. O sol estava tão quente, que dava até para fritar ovo no chão do convés.

Um dia inteiro se passou. Quando a noite caiu, Jim e Lucas foram deitar-se um pouco no camarote, mas o calor era insuportável. Inquietos, os dois se mexiam sem parar e não conseguiam dormir direito.

Por volta da meia-noite, um vento fresco deu um pouco mais de velocidade ao navio, mas pela manhã, o vento foi diminuindo até parar. No meio de uma calmaria completa, o mar era uma superfície lisa, onde não se via uma onda.

Antes da alvorada, quando Lucas e Jim subiram para o convés, a maior parte da tripulação já estava ali, esperando. Debruçados na amurada, alguns marujos cuspiam de vez em quando na água preguiçosa do mar. A cada minuto que passava crescia a tensão.

A única pessoa no navio que conseguia dormir profunda e calmamente era o pequeno Bonzo-mor. Tinha ficado tão exausto com os esforços dos últimos dias, que logo depois da partida ele foi direto para a cozinha, e bebeu uma mamadeira inteira de leite de lagarta. Como vocês devem se lembrar, Ping Pong achava o leite de lagarta o alimento mais forte e mais adequado para as crianças naquela tenra idade. O pequeno Bonzo-mor procurou depois um lugarzinho fresco para descansar. Acabou escolhendo um pequeno barril de madeira. Para lá dentro ficar escuro e silencioso, Ping Pong abriu seu pequeno guarda-chuva de seda florida e usou-o para tampar o barril. Caiu num sono profundo e tranqüilo, e o barulhinho do seu ronco lá dentro do barril parecia o zumbido de uma mosca presa.

E Li Si?

A princesinha tinha passado uma noite terrível. Toda a sua coragem tinha desaparecido. No seu esconderijo atrás dos sacos, ela estava quase morrendo de medo. Aquele silêncio sepulcral no navio aumentava ainda mais o seu medo, pois ela achava que estava sozinha, abandonada ao sabor as ondas, que iriam levá-la direto para os braços dos 13 Piratas.

A luz do amanhacer começava a surgir quando uma rajada de vento soprou sobre o mar e encrespou a superfície da água, tingindo-a de prateado. O vento vinha do sul. No mesmo instante, o marujo que estava no cesto da gávea gritou:

— Naviiiiiioooo à viiiiistaaaaa! Direção suuuuuul!

Todos olharam muito ansiosos para o horizonte sul e prenderam a respiração.

Lá estava ele! No horizonte apareceu um navio enorme, que vinha se aproximando a uma velocidade incrível. Todas as suas velas estavam içadas e eram vermelho-sangue. Sobre a maior delas dava para ver um enorme número 13.

— São eles! — sussurrou Jim.

— É — respondeu Lucas —, vai começar, meu velho. Logo que nos virem, vamos ter que partir para cima deles, senão vão acabar escapando. O navio deles é o mais rápido que já vi.

— Atenção! Atenção! — ecoou a voz forte do capitão sobre o convés. — Todos a postos!

Os marujos se posicionaram atrás dos canhões, prontos para abrir fogo. Todos estavam armados com espadas e tinham várias armas de fogo presas nos cintos. Calados, observavam o navio pirata aproximar-se cada vez mais. Já devia estar a uma milha de distância, e nenhum dos tripulantes parecia ter notado a presença do outro navio, todo pintado de azul.

— Jim!! — soou de repente a voz estridente a angustiada de Li Si, que veio correndo pelo convés em direção aos dois amigos, agarrou-se em Lucas e começou a pedir: — Por favor, não! Por favor, por favor, não! Vamos embora depressa! Eu quero ir para casa! Oh, por favor, não!

A garota soluçava e tremia dos pés à cabeça... era de dar dó.

— Mas que droga! — exclamou Lucas, com os dentes cerrados. — Só faltava essa! O que vamos fazer agora?

Por um momento, Lucas hesitou em atacar os 13 Piratas tendo a princesinha a bordo. Jim parecia paralisado de espanto.

— Li Si... por que você fez isso? — foi só o que conseguiu dizer.

— Leve-a para baixo! — ordenou Lucas. — Tranque-a em nosso camarote para ela ficar em segurança. Daqui a pouco a coisa vai pegar fogo aqui em cima.

— Certo, Lucas — respondeu Jim, puxando a garotinha lá para baixo do convés. Por menos que tivesse durado este incidente, ele foi suficiente para Lucas deixar passar o momento certo de atacar. A cerca de meia milha de distância, o barco dos 13 Piratas localizou o navio oficial camuflado, fez uma curva para leste com uma velocidade incrível, e agora voava sobre as ondas, inclinado pelo vento.

— Atrás deles!! — gritou Lucas.

— Sigam aquele navio! — rugiu o capitão. O timoneiro pegou firme no leme, que até então não tinha sido tocado por ninguém, e girou-o rapidamente, enquanto metade dos homens amarravam bem as velas e os outros se punham a postos nos canhões. Mas o navio pirata fez outra curva e, contra o vento, retomou a direção sul, sempre em ziguezague, daqui para lá, daqui para lá.

Enquanto isso, Jim tinha voltado ao convés e estava ao lado de Lucas. Agora o navio pirata estava apenas cerca de cem metros à frente do navio oficial. Dentro do navio inimigo, todos os piratas estavam de braços cruzados, olhando com suas caras de malvados para o navio camuflado. Na popa do navio pirata, toda amarrada com cordas bem grossas, estava Molly!

— Molly! — gritou Jim. — Molly, estamos indo!

— Vamos dar um tiro de canhão bem na proa deles — disse o capitão. — Talvez eles parem e se rendam.

— Duvido muito — resmungou Lucas esvaziando o cachimbo e colocando-o no bolso. — Jim, meu velho, sinto que a coisa ainda vai esquentar por aqui.

— Fogo! — gritou o capitão, e um tiro de canhão

ribombou sobre o mar. A bala caiu na água, bem na frente da proa do navio dos 13.

— Ha, ha, ha, ha! — ouviu-se do navio pirata. Então, aos berros, os 13 começaram a cantar:

> Treze homens sentados num caixão,
> Ho! Ho! Ho! — e um barril cheio de rum...

— Muito bem — resmungou o capitão. — Se é isso que eles querem... Atenção, canhões de bombordo! Uma salva de tiros! FOGO!

O barulho de dez canhões de grosso calibre ecoou sobre o mar. Por alguns minutos, a fumaça envolveu os dois navios, dificultando a visão. Quando ela se dissipou, deu para ver que o navio pirata tinha feito uma rápida manobra e todas as balas tinham ido parar dentro da água.

— Capear! — gritou o capitão, disposto a ir atrás dos 13. Virando-se para Lucas, ele disse: — Vou acabar perdendo a paciência, e aí esses caras vão ver uma coisa!

Mas então os piratas começaram a agir diferente: não deixavam mais o navio oficial se aproximar a ponto de poder atirar. Às vezes distanciavam-se até a linha do horizonte, quase a perder de vista. Depois paravam, como se não pudessem mais continuar, e ficavam esperando o navio oficial aproximar-se de novo. Por que estariam fazendo aquilo? Por que simplesmente não iam embora?

— Não sei, não — resmungou Lucas, endireitando o boné na cabeça —, não estou gostando nada dessa história. Tenho a impressão de que eles estão querendo nos atrair para uma armadilha.

Lucas tinha razão. Depois de perseguirem o navio pirata por mais de uma hora, como se estivessem brincando de pique, nossos amigos perceberam que o céu começou a se cobrir de nuvens escuras. De uma hora para outra, o aspecto do mar modificou-se totalmente. Um vento forte começou a sibiliar nas velas. As vagas começaram a crescer e tudo foi ficando mais escuro.

— Eles estão nos atraindo para dentro de um tufão! — gritou Lucas ao capitão, segurando o boné para ele não voar.

— É isso mesmo — respondeu o capitão —, é melhor a gente desistir por enquanto e dar meia-volta imediatamente.

— Que seja... — revidou Lucas.

— Capear! — ordenou a voz possante do capitão. — Vamos virar!

Mas se eles estavam pensando que os 13 Piratas iam deixá-los voltar assim, sem mais nem menos, estavam muito enganados. Aquele era o momento pelo qual os piratas estavam esperando. Com uma velocidade incrível, ultrapassaram o navio dos nossos amigos e ficaram bem no meio do caminho dele.

— Vamos mostrar a esse bando com quantos paus se faz uma canoa! — exclamou o capitão, furioso. — Canhões de estibordo... FOGO!

De novo ouviu-se o estrondo dos tiros de dez canhões sobre o mar. Desta vez as balas não erraram o alvo. Mas o que era aquilo? Ao invés de atravessarem o casco do navio pirata, as balas de canhão ricochetetaram e estavam voltando ao ponto de onde tinham partido. Com um barulho enorme, acabaram atingindo o convés do navio oficial.

— Com mil demônios! — resmungou Lucas. — O navio deles é blindado!

O vento trouxe até o navio camuflado o barulho das risadas dos piratas e sua canção:

De mar, bebida e ouro cada um se empanturrou,
Ho! Ho! Ho! — e um barril cheio de rum.
Até que o diabo pro inferno os levou.
Ho! Ho! Ho! — e um barril cheio de rum.

— Pois ele vai levar vocês agora mesmo — disse o capitão. E, furioso, ordenou: — FOGO!
Uma densa cortina de fumaça envolveu tudo, e mais uma vez as balas retornaram ao convés de onde tinham partido.
— Pare! — gritou Lucas. — Ora, capitão, não está vendo que não adianta atirar?
— O que vamos fazer então? — rugiu o capitão, no meio daquela barulheira toda.
— Precisamos tentar escapar deles! — respondeu Lucas.
Mas já era tarde, pois justo naquele momento os piratas resolveram abrir fogo. Saraivadas de balas de canhão caíam feito chuva de granizo sobre o convés do navio oficial. Os 13 estavam ora à esquerda, ora à direita, e aos berros de "Ho! Ho! Ho! — e um barril cheio de rum", atiravam sem cessar.
O vento, que soprava violentamente contra as velas, mudava de direção a cada segundo; ora vinha do norte, ora do sul, ora do leste, ora do oeste. A essas alturas, as velas de seda azul celeste já estavam em farrapos.
— O tufão! — gritou Lucas. — É o tufão!
Era mesmo o tufão. Um raio azul claro desceu sibilando do céu e atingiu o enorme mastro do navio oficial, que na mesma hora começou a arder em chamas.

O barulho dos trovões era ensurdecedor. Ondas do tamanho de uma casa rugiam ao se quebrarem, inundando o navio. A tempestade estava fazendo misérias... era como se todos os demônios tivessem sido libertados do inferno. Os raios, um atrás do outro, clareavam de ponta a ponta a escuridão azulada do céu, e os trovões não davam trégua aos ouvidos. Um pouco depois, parecia que tinham aberto um chuveiro no céu: a chuva torrencial transformara as águas bravias num mar de espumas, que parecia leite fervendo numa panela. Mas foi sorte começar a chover, se é que se pode falar em sorte numa situação como aquela, pois a água que caía com tudo do céu apagou os incêndios a bordo do navio oficial.

Entre o céu preto de nuvens e o mar branco de espuma, o navio azul e o outro, de velas vermelhas, eram jogados para cima e para baixo, ao sabor dos vagalhões.

Mas o navio pirata nem parecia ter sido atingido pelo tufão. Como um golfinho, ele bailava sobre aquele mundaréu de água espumante, reaparecendo ora aqui, ora ali. No meio do rugir do mar revolto, ouvia-se sem parar a canção dos 13 Piratas:

> Treze homens sentados num caixão,
> Ho! Ho! Ho! — e um barril cheio de rum.
> Três dias de bebida, muito riso e palavrão,
> Ho! Ho! Ho! — e um barril cheio de rum.

Então dispararam uma nova salva de tiros contra o navio oficial, que já estava parecendo um monte de ferro-velho. Pouco a pouco, o navio ia se desfazendo, perdendo a cada investida mais um pedaço.

O primeiro marujo a ser atirado ao mar foi o timoneiro. Uma onda da altura de uma torre passou rugindo sobre o convés e arrancou o marujo de seu posto. Ele só não morreu afogado porque conseguiu se segurar numa tábua que passou boiando.

O navio oficial, à deriva e entregue ao sabor da tempestade, rangia todas as vigas. Lucas abraçou Jim bem forte, e agarrou-se com toda a força no que restara do mastro principal incendiado.

— Não podemos fazer nada, Jim — ofegou ele.
— Temos que esperar até esses caras resolverem passar para dentro do nosso navio...

Tão bruscamente como tinha começado, a chuva torrencial parou. Os piratas suspenderam o tiroteio e, de repente... ali estavam eles. Ao lado do navio dos nossos amigos, aquele monte de entulho, o navio pirata dançava sobre as ondas revoltas. Usando barras bem compridas, com uma espécie de anzol de ferro na ponta, puxaram o navio dos nossos amigos e saltaram para dentro dele, com espadas em punho e aos gritos de "Ho! Ho! Ho!", com aquelas caras feias e assustadoras. Eram todos tão parecidos, que não dava para saber quem era um e quem era outro.

— Depressa, Jim! Vamos pegar Molly! — gritou Lucas.

Com isso, os dois entraram na briga. Lucas ia abrindo caminho com uma pesada barra de ferro. Jim seguia bem atrás dele. Logo conseguiram chegar até a pequena locomotiva. Lucas tirou a espada de um dos piratas, pegou-o pelo colarinho e o jogou escada abaixo, para o convés do navio pirata. Depois, com alguns golpes, arrebentou as amarras que prendiam Molly, e junto com Jim empurrou a pequena locomotiva, por cima da amurada destruída, para dentro do navio oficial, que ainda estava atracado ao navio pirata.

Os piratas suspenderam o tiroteio e, de repente... ali estavam eles.

Ao verem aquilo, os piratas começaram a atirar tochas de fogo sobre o convés do navio oficial. Embora a água apagasse a maioria delas, algumas acabaram descendo até a despensa, onde Li Si estava presa. Logo uma densa nuvem de fumça cobriu todo o convés.

Na verdade, as marujos do navio oficial eram em maior número, mas nesse meio tempo muitos deles já haviam sido arrastados para dentro do mar pelas ondas, ou então tinham sido jogados na água pelos piratas. Mesmo que houvesse dez vezes mais marujos, não teria adiantado. Eles não teriam dado conta daqueles gigantes do mar, homens fortes e que pareciam não ter medo de nada. O número dos que lutavam desesperadamente era cada vez menor. Um após o outro, todos foram sendo aprisionados e colocados dentro do navio pirata.

No início do tufão, Ping Pong finalmente tinha conseguido acordar. É claro que ele não podia ajudar e teve que assistir àquela derrota terrível, sem poder fazer nada. O último que ele ainda conseguiu ver lutando como um leão foi Lucas. Mas, quando sete daqueles homenzarrões se jogaram em cima dele, o coitado também teve que se entregar. Foi acorrentado e arrastado para dentro do navio pirata, onde os 13 o jogaram, por um alçapão, dentro de um quarto escuro.

E onde estava Jim?

Ele tinha conseguido se salvar, segurando firme no último mastro que continuava de pé. Só que agora o fogo vinha de baixo para cima e já tinha atingido os farrapos das velas. O bom era que a fumaça escondia o menino; só que ele estava quase morrendo sufocado. As chamas chegavam cada vez mais perto. Não teve outro jeito: quando os dois navios ficaram de novo bem juntinhos, o garoto deu um salto, agarrou-se no cordame do navio inimigo e ficou lá em cima, pendurado no meio das velas cor de sangue. De lá pôde ver os piratas revistando cada cantinho do navio. Viu também quando trouxeram Li Si para dentro do navio deles, jogaram a menina no meio dos outros prisioneiros e depois saíram pilhando tudo o que encontravam pela frente: armas, munições e objetos de valor.

Logo que terminaram, os piratas colocaram um barril de pólvora dentro do navio destroçado, acenderam um pavio, pularam para o navio deles e saíram de perto à toda. Quando estavam a mais ou menos cem metros, uma terrível explosão partiu em dois o que sobrava do navio abandonado, e as duas metades afundaram. Por um instante, Jim ainda conseguiu ver o brilho da caldeira de sua pequena locomotiva, que logo depois foi engolida pelas ondas.

— Molly! — soluçou ele, baixinho; e duas lágrimas bem gorduchas escorreram por suas bochechas escuras. — Ah, Molly!

Sobre a água boiavam apenas algumas tábuas, e um pouco mais adiante um pequeno barril de madeira, sobre o qual havia um guarda-chuvinha florido, aberto. Jim não podia imaginar que Ping Pong estava lá dentro.

Capítulo vinte e três

onde o navio de velas vermelhas chega à Terra Que Não Pode Ser

Ainda muito atordoado, Lucas foi acordando aos poucos. À sua volta estava tudo escuro, mas ele conseguiu ouvir alguém respirando a seu lado.

— Ei, quem está aí? — sussurrou ele.

— É o senhor, senhor maquinista? — respondeu o capitão, também sussurrando. — Que bom que o senhor ainda está vivo. Estávamos com medo de que tivesse morrido.

— Ah... capitão ... quem mais está preso aqui conosco? — murmurou Lucas.

— Eu e mais onze de meus homens — respondeu o capitão. — Estamos todos amarrados com cordas bem grossas. Nossa princesinha está aqui ao meu lado. Ela está bem, se é que a gente pode dizer isso.

— Que barulho de explosão foi aquele? — perguntou Li Si, com a voz embargada de medo.

O capitão respondeu: — Acho que os piratas mandaram nosso navio pelos ares.

— E Jim Knopf? — perguntou Lucas. — Onde está ele?

Ninguém respondeu.

— Jim! — gritou Lucas; feito um louco começou a tentar livrar-se das cordas. — Ele não está aqui? Ninguém o viu? Onde está o menino? Aconteceu alguma coisa com ele? Onde está meu amigo?

As cordas grossas começaram a raspar e a ferir os braços de Lucas, e ele desistiu de tentar se soltar. Um silêncio terrível desceu sobre aquele compartimento escuro.

Alguns minutos depois, Li Si começou a soluçar e gaguejou: — Jim! Meu q-querido Jim! Por que eu n-não ouvi as suas p-palavras? Ah, Jim, por que eu fu-fui fazer i-isso com você?

— É tarde demais, Li Si — respondeu Lucas com a voz embargada. — Tarde demais...

Jim estava lá em cima do cordame, no meio das velas vermelhas, quase morto de frio. Com as roupas encharcadas grudadas no corpo, o garoto batia os dentes, tentando segurar firme nas cordas, com os braços e pernas congelados. O tufão continuava a soprar com uma força incrível sobre as vagas enfurecidas. Mas o pior era que o cordame balançava muito naquela altura. Jim chegou a perder a noção do que era em cima e embaixo, e nunca em toda a sua vida sentiu-se tão enjoado. Mas conseguia tirar forças do desespero e se agarrava ao cordame com firmeza, pois os piratas não podiam descobrir de jeito nenhum que ele estava ali em cima, senão estaria perdido! Ele era o único que ainda tinha possibilidade de libertar os prisioneiros.

Jim cerrou os dentes. Tinha esperanças de que em algum momento aquela tempestade ia passar. E, afinal, o dragão tinha dito que o destino dos 13 eram os recifes de ferro. Talvez Nepomuk ou Urchaurichuum pudessem ajudá-lo. Se Jim pudesse imaginar para onde o navio estava indo, talvez não tivesse forças para continuar se segurando. Há muito tempo os piratas tinham desistido de se encontrarem com a senhora Dentão. Com aquela emboscada do navio camuflado, tinham ficado muito desconfiados. Alguma coisa lhes dizia que o dragão estava por trás daquilo tudo.

Empurrado pelo vento forte, o navio caminhava cada vez mais depressa para o sul, rumo à terrível Terra Que Não Pode Ser!

Aquela viagem medonha durou um dia inteiro, pois a terra natal dos 13 ficava em algum lugar por perto do Pólo Sul. Outro navio teria levado semanas para chegar até lá, mas aquele fez o percurso em um dia e chegou ao seu destino antes do anoitecer.

A primeira coisa que Jim viu no horizonte, e que não conseguiu distinguir muito bem, foi uma espécie de gigantesca coluna preta, que subia das águas revoltas do mar até o céu coberto por pesadas nuvens escuras. O menino nunca tinha visto um coluna tão grande e grossa. Depois ele percebeu que a coluna era sacudida por raios e girava a uma velocidade incrível. Um barulhão saía de dentro dela, como se fosse o rugir grave e ensurdecedor de milhares de órgãos tocados ao mesmo tempo. Então Jim descobriu o que era aquela coisa para onde o navio se dirigia. Certa vez Lucas tinha explicado a ele o que é uma tromba d'água: um furacão, um ciclone tão forte, que arranca a água do mar e a levanta quase até a altura do céu.

"Não é possível que eles estejam indo para lá!", pensou o garoto. Mas quase no mesmo instante o navio já estava lá. E então se provou a lenda dos 13 Piratas e de sua incrível arte de velejar. Primeiro, os piratas deram algumas voltas ao redor da coluna de água,

"Não é possível que eles estejam caminhando para lá!"

a uma velocidade espantosa. No momento em que conseguiram atingir a mesma velocidade de rotação da coluna, empurraram o navio para dentro dela e deixaram-se levar pelo turbilhão. O navio, suspenso no ar, foi penetrando lentamente no ciclone, que era oco como um tubo gigantesco. De repente, o navio pousou sobre alguma coisa firme e começou a deslizar sobre uma espécie de rampa, que subia em espiral, circundando um recife pontiagudo. Como no interior do furacão não há vento, o enorme navio continuou deslizando sobre a rampa até perder o impulso, e então parou. Jim, completamente tonto e sempre agarrado ao cordame, precisou de um bom tempo para recobrar os sentidos e olhar à sua volta. O recife sobre o qual tinham aportado erguia-se a milhares de metros de altura, todo recortado por ameias e pontas sinistras. Aquele rochedo preto feito breu, de formas escabrosas e diláceradas, parecia ter sido esculpido por milhões e milhões de raios. Incontáveis cavernas e protuberâncias, grandes e pequenas, davam à montanha a aparência de uma gigantesca esponja. Além disso, veios vermelhos recortavam toda a montanha de cima a baixo, formando horríveis tranças retorcidas.

Estavam na terrível Terra Que Não Pode Ser. Para se entender o verdadeiro significado desse nome, é preciso saber de uma coisa que naquela época Jim ainda não sabia: todas as ilhas e montanhas do mundo estão no lugar que a natureza determinou para elas. Mas naquele lugar não era assim. Mais tarde vamos ficar sabendo por quê. De qualquer forma, lá só deveria haver o mar aberto com o vento soprando livre e desimpedido sobre ele. Por isso os elementos, contrariados, revoltaram-se impiedosamente contra aquele pedaço de terra, e agora lutavam com todas as suas forças contra ele. Mas, como as tempestades enfurecidas vinham de todos os lados ao mesmo tempo, havia-se formado aquele enorme ciclone, e dentro dele o recife estava a salvo e podia continuar existindo tranqüilamente.

De onde estava, Jim viu os piratas tirarem de bordo tudo o que haviam pilhado do navio oficial, e colocarem o fruto de seu roubo numa enorme caverna. Quando terminaram, foram buscar os prisioneiros e também os empurraram por aquela abertura escura do rochedo: primeiro o capitão, depois os marujos, depois Li Si e, por último, Lucas.

Ou por acaso, ou por um pressentimento, o maquinista virou-se e deu uma olhada para o alto, para o cordame do navio pirata. No mesmo instante sentiu o coração bater mais forte: por uma fração de segundo, Lucas viu a carinha escura de Jim aparecer por detrás de uma vela, dar uma piscadinha para ele, e depois desaparecer novamente. Lucas nem piscou, para os piratas não perceberem o que ele tinha descoberto, mas o brilho rápido que passou por seus olhos não teria passado despercebido a um observador mais atento.

Agora Jim estava sozinho no navio. Tinha medo de que os piratas quisessem baixar as velas e acabassem descobrindo onde ele estava. Ele não sabia que os 13 nunca baixam as velas, para estarem prontos para partir a qualquer momento. Enquanto nenhum daqueles caras perigosos voltava a sair de dentro da caverna, Jim teve tempo de observar um pouco melhor a Terra Que Não Pode Ser. Seus olhos se detiveram na escura coluna de água, que continuava a girar ao redor da montanha, sacudida e iluminada pelos raios. Seus ouvidos já tinham se habituado tanto ao som grave e ensurdecedor daqueles milhares de órgãos, que ele nem mais se incomodava com isso. Pudera... no meio daquele barulhão todo, ele não conseguia ouvir mais nada, nem mesmo o ribombar de um trovão. Jim estava praticamente surdo. Lentamente voltou os olhos para o alto, e bem lá em cima, a uma distância infinita, viu um pedacinho redondo de céu, que o encarava lá embaixo como se fosse um olho fossilizado.

De repente passou pela sua cabeça a seguinte frase: NO OLHO DA TEMPESTADE VOCÊ IRÁ VISLUMBRAR UMA ESTRELA...

Era àquilo que o dragão se referia!

Mas como é que ele ia ver uma estrela lá no alto? Já era de noite e ele não estava vendo nenhuma estrela naquele pedacinho de céu.

Jim esperou mais um pouco e, quando finalmente tudo ficou escuro, desceu cuidadosamente do cordame, espiou à sua volta, desembarcou do navio na pontinha dos pés, e entrou na caverna onde os piratas tinham desaparecido junto com os prisioneiros.

À sua frente, encontrou uma confusão de corredores de todos os tipos e tamanhos. Havia corredores da largura de um túnel de estrada de ferro, outros da largura de um cano, outros mais finos ainda. Era como se ele tivesse entrado numa esponja gigante, só que aquelas rochas eram duras e afiadas como vidro escuro.

Jim certamente teria se perdido lá dentro, se os piratas não tivessem marcado o caminho com archotes, colocados à esquerda e à direita, nas paredes cheias de buracos. O corredor cheio de curvas descia para o interior da rocha. Às vezes era estreito e baixo, depois se tornava largo e alto, chegando às vezes a formar verdadeiras câmaras e salas, que Jim era obrigado a atravessar. Nelas havia todo tipo de coisas: armas, rolos de cordas, velas dobradas, tudo amontoado. À medida que o menino descia, o terrível barulho da tromba d'água ia se distanciando. Finalmente, tudo ficou um silêncio. Jim só ouvia seus próprios passos e as batidas de seu coração.

Depois de algum tempo, passou a ouvir uma outra coisa:

— Ho! Ho! Ho! — e um barril cheio de rum... — era a canção dos piratas que ecoava lá de baixo, num tom meio surdo seguido de risadas guturais. Jim prosseguiu com mais cuidado ainda. Ele já devia estar bem perto dos piratas.

Naquela altura, já dava para distinguir claramente o som de algumas vozes. Mais uma vez o corredor fez uma curva fechada; quando o garoto espiou pelo canto da parede, viu à sua frente uma sala, e no centro dela uma enorme fogueira acesa. Os piratas tinham se esparramado por todos os lados, sentados ou deitados em cima de peles de ursos polares. Na certa estavam jantando, pois num espeto que girava bem em cima da fogueira havia um porco inteiro, do qual cada um cortava um pedaço do tamanho que quisesse com seu punhal. De onde estava, Jim ouvia o barulho dos piratas mastigando. Depois de comerem a carne, os piratas simplesmente atiravam os ossos roídos no chão. Além disso, cada um tinha nas mãos uma enorme caneca, que, mal se esvaziava, já era reabastecida num barril de rum.

Aquele cheiro de leitão assado deixou Jim até meio tonto. Ele estava morto de fome. Mas aquilo não era hora de pensar em comida. Sem fazer barulho, Jim se agachou e foi se arrastando pelo corredor até conseguir entrar na sala, sempre tomando muito cuidado para não ser visto pelos piratas. De qualquer forma, aqueles caras não estavam enxergando nada além do leitão que girava sobre o fogo. Assim, o garoto con-

Jim só ouvia seus próprios passos e as batidas de seu coração.

seguiu entrar sem ser visto dentro de um rolo de cordas. Era um bom esconderijo, pois de lá ele podia ouvir tudo o que os piratas diziam. E, enfiando os dedos no meio da corda, ele conseguia ter uma visão da sala inteira. Talvez assim desse para ele descobrir onde estavam os prisioneiros.

Capítulo vinte e quatro

onde Jim vê a estrela no Olho da Tempestade

A semelhança entre aqueles caras era realmente espantosa! Todos usavam o mesmo chapéu esquisito, com uma caveira pintada sobre dois ossos que formavam um "x". Todos usavam camisas coloridas, calças largas que iam até a altura dos joelhos, e botas de cano longo. Nos cintos traziam punhais, facas e revólveres. Todos eram exatamente da mesma altura, e tinham os mesmos traços. Debaixo dos narigões de gancho, todos tinham um bigode grosso e bem preto, que ia até a cintura. Seus olhos eram pequenos e tão juntos um do outro, que parecia que eram estrábicos. Os dentes eram grandes e amarelados como dentes de cavalo, e na orelha todos usavam uma pesada argola de ouro. Tinham também a mesma voz, gutural e grave. Enfim, era totalmente impossível distinguir um do outro.

Quando terminaram de comer, os piratas voltaram a encher suas canecas e logo começaram a ficar "alegres", se é que se pode falar em alegria quando se imagina a expressão terrível daqueles caras.

— Ei, irmãos! — gritou um deles, balançando sua

caneca —, quando penso que este pode ser o último barril de rum Goela de Dragão... Fico fulo de raiva!

— Besteira... — disse um outro —, a gente dá um jeito de arranjar mais! Vamos beber, irmãos! Todos esvaziaram as canecas de um só gole e depois começaram a berrar sua canção predileta:

> Treze homens sentados num caixão,
> Ho! Ho! Ho! — e um barril cheio de rum.
> Três dias de bebida, muito riso e palavrão,
> Ho! Ho! Ho! — e um barril cheio de rum.
> De mar, bebida e ouro cada um se empanturrou.
> Ho! Ho! Ho! — e um barril cheio de rum.
> Até que o diabo veio e pro inferno os levou.
> Ho! Ho! Ho! — e um barril cheio de rum.

Às vezes cantavam juntos, às vezes cada um por si, como bem entendiam. Cada um tentava berrar mais alto do que o outro, até acabarem por cair numa tremenda risada. Era um concerto infernal.

— Silêncio! — rugiu um deles. — Quero falar uma coisa!

— Silêncio! — repetiram alguns outros. — O chefe quer falar uma coisa!

O chefe dos piratas levantou-se e ficou de pé na frente dos outros. Jim ficou pensando como é que eles faziam para saber quem era o chefe, pois todos eram iguaizinhos.

— Irmãos... — começou ele — foi uma caçada e tanto a de hoje. Uma caçada dos diabos, mesmo. Por isso digo a vocês que podem existir gêmeos no mundo, trigêmeos, quadrigêmeos e até quíntuplos, sei lá!

— Silêncio! — repetiram alguns outros. — O chefe quer falar uma coisa!

Mas gêmeos como esses treze malditos, só mesmo nós, os 13 Piratas! Viva os 13! Viva! Viva! Viva!

Aos berros, os outros concordavam, gritando "Viva!" para si mesmos. Agora Jim estava entendendo por que eles se pareciam tanto. Tentou imaginar como seria ter treze cópias de si mesmo, e ficou feliz por existir apenas um Jim Knopf.

Em seguida, outro pirata levantou-se e anunciou:
— Também quero falar uma coisa! Silêncio! Calem a boca!

Curiosos, os outros fizeram silêncio e o chefe disse:
— A tempestade ruge do norte, do sul, do leste e do oeste. Por isso, o melhor é viver aqui, no recife Olho da Tempestade!

Suas palavras foram recebidas por aplausos intempestivos.

Jim pôde então ter certeza de que esses piratas não eram mesmo muito inteligentes. De qualquer forma, ficou sabendo que o recife dos piratas chamava-se Olho da Tempestade.

As palavras do Dragão de Ouro da Sabedoria voltaram à sua cabeça.

— O que vamos fazer com os prisioneiros? Vamos deixá-los morrer de fome lá embaixo? — perguntou outro pirata, apontando com o dedão para um alçapão que havia num canto do fundo da sala.

Jim sentiu um arrepio de alegria. Finalmente tinha descoberto onde estavam Lucas, Li Si e todos os outros. Mas por enquanto é claro que não podia nem pensar em libertá-los. Era preciso esperar uma boa oportunidade.

— Besteira! — berrou um outro. — Vamos levá-los até o dragão e trocá-los por mais rum!

— Silêncio! — rugiu o chefe. — Quem manda aqui sou eu. Com mil demônios!! Ordeno que os prisioneiros sejam atirados aos tubarões amanhã cedo.

Um vozerio encheu a sala onde estavam os piratas.

— Calem a boca! — prosseguiu o chefe. — O dragão não vai aparecer mais. Ele deve ter-nos traído, pois ele era a única criatura no mundo que sabia para onde íamos. O dragão nos enganou, quanto a isso não há dúvida. Portanto, de hoje em diante ele é nosso inimigo, e não vai receber mais nada de nós. O máximo que ele pode receber é uma saraivada de balas de canhão bem no meio daquele barrigão cheio de banha!

— Bravo! — gritaram os outros piratas, entusiasmados. — Se ele cair nas nossas mãos, vamos fazer picadinho dele!

— Mas... e a garotinha? — perguntou um dos piratas. — Também vamos atirá-la aos tubarões?

— Não — respondeu o chefe. — Ela que fique conosco para ser nossa empregada no futuro.

— Ho! Ho! Ho! — relincharam os outros. — Ótima idéia, chefe! Vai ser muito divertido...

— Digam uma coisa — resmungou um dos piratas —, não sei se com vocês acontece a mesma coisa, mas tenho a impressão de que já vi essa criadinha em algum lugar...

— Ora, irmão — disse um outro —, a gente já pegou tanta criança, que dá mesmo para confundir.

— É verdade — acrescentou um terceiro. — Esse tempo todo já entregamos ao dragão um curral cheio desses pirralhos.

— E sempre recebemos rum em troca — resmungou um quarto. — Menos uma vez. Vocês se lembram daquela vez, com o garotinho negro? Lembram que ele estava boiando num cesto todo calafetado, que a gente pescou no mar? Foi depois da tempestade.

Jim sentiu um outro arrepio percorrer-lhe o corpo. Era dele que estavam falando! Só podia ser... só podia ser! Sem respirar, o garoto aguçou os ouvidos.

— Junto com o garoto havia uma coroa e um pedaço de pergaminho todo escrito, enrolado dentro de um caninho de ouro. Eu só queria saber quem era aquele pirralho...

Por um instante os piratas ficaram em silêncio, com o olhar perdido. Então o pirata continuou:

— No pergaminho havia uma profecia, vocês se lembram? Quem fizer mal à criança, perderá para ela todo o poder e será seu prisioneiro, pois ela endireita o que está torto. Era mais ou menos isso. Eu só queria saber o que isso significa.

— Com a sua inteligência, vai ser meio difícil — disse um dos piratas.

— Silêncio! — rugiu o capitão, batendo a caneca no chão. — Não quero amotinados aqui! Além do mais, nós tiramos a criança da água, não tiramos? Sem a nossa ajuda, na certa ela teria morrido afogada. Foi uma boa ação da nossa parte.

— Mas nós mandamos o menino para o dragão pelo correio — respondeu o outro —, porque não tínhamos tempo de entregá-lo pessoalmente.

— E você queria o quê? Que a gente desse papinha na boca dele? — interveio o terceiro. — Seus cabeças de vento, se o pirralho foi parar nas mãos do dragão, então está tudo bem. Na certa não vai acontecer nada de grave com ele.

— Ótimo, irmãozinho — disse um quarto pirata—, só que ele nunca chegou às mãos do dragão. Vocês não lembram como o dragão ficou furioso quando quisemos pegar nosso rum?

— Vamos parar com essa história besta — rugiu o chefe, louco de raiva. — Já naquela época o dragão nos enganou. Droga! Droga! Ah, mas isso não vai acontecer de novo. Vamos escrever para ele agora mesmo, dizendo que finalmente conseguimos entender tudo, e que ele pode ter certeza de que vamos nos vingar!

Os outros piratas reclamaram, pois não estavam a fim de pegar no trabalho duro. Queriam tirar um dia de folga e deixar aquela carta para depois.

— Com mil polvos, tubarões e mariscos! Façam o que eu disser, entenderam? — grunhiu o chefe.

Todos se conformaram, foram buscar tinta, caneta e papel, e juntos começaram a escrever a carta.

Do seu esconderijo, Jim observava como eles faziam. Cada um ia se levantando e escrevendo no papel a letra que sabia, pois cada um só sabia ler e escrever uma letra. Um conhecia o A, outro o S, outro o M, e assim por diante. Assim nenhum era capaz de reconhecer a letra do outro, e portanto não percebiam que um deles, em vez de G, escrevia sempre X. Era bem aquele que eles chamavam de chefe, pois ele era o que menos sabia ler e escrever. Mas os números 1 e 3 todos conheciam muito bem, pois dava para vê-los claramente lá em cima da vela maior do navio.

Com esse trabalho, os piratas ficaram com a testa molhadinha de suor, e seus olhinhos vesgos pareciam querer saltar das órbitas de tanto esforço.

Por fim, depois de muito conversar, de muito discutir e soletrar, os piratas conseguiram escrever a seguinte carta:

> SRA. JENTAM,
> LEJA ISU:
> TESTA FES É
> TEMAIS. FAMUS
> NUS FINKAR.
> 13

Se Jim soubesse ler, ia perceber uma coisa muito engraçada ao ver essa carta. Ela tinha sido toda escrita só com doze letras. Mas Jim não sabia ler.

Aqueles piratas eram homens valentes, fortes como touros e muito corajosos. Mas, pela primeira vez, Jim estava vendo com os próprios olhos que não bastava ter aquelas qualidades, era preciso também ter inteligência. Apesar de tudo, cada um daqueles piratas conhecia pelo menos uma letra. E ele que não conhecia nada?

Esgotados pelo trabalho duro, os piratas sentaram-se ao redor da fogueira para recuperar as forças com uns goles de cachaça. Alguns tiraram o chapéu para enxugar o suor da testa, e o chefe arrancou o seu da cabeça e jogou-o com força para trás.

O chapéu caiu no chão, ao lado do rolo de corda onde Jim Knopf estava escondido. O menino pôde então ver de perto aquele chapéu esquisito com a caveira pintada, e quanto mais ele olhava mais achava que ele tinha alguma coisa diferente dos outros. De repente, descobriu o que era: ele tinha na frente uma estrela vermelha de cinco pontas, espetada com um alfinete. Só o chapéu do chefe tinha aquela estrela! No mesmo instante, Jim lembrou-se das palavras do dragão:

— AGARRE A ESTRELA E SE FAÇA SENHOR!

Sem pensar duas vezes, Jim ergueu um pouco o rolo de cordas, passou o braço por baixo e arrancou a estrela do chapéu. Fez tudo isso num abrir-e-fechar de olhos. No mesmo instante, o chefe dos piratas levantou-se, aproximou-se com passos pesados, pegou o chapéu e enfiou-o de novo na cabeça. Jim prendeu a respiração e apertou tanto a estrela na mão, que as pontas quase machucaram seus dedos. Mas o pirata não percebeu nada.

— Agora — disse ele — voltando para perto dos camaradas —, coloquem o endereço na carta, seus burros!

Um dos que estavam sentados ergueu os olhos, olhou-o de cima a baixo e resmungou: — Já vai começar, irmãozinho? É melhor sentar e encher a cara...

— Que uma arraia te carregue! — rugiu o primeiro, arrancando a caneca da mão do outro. — Faça o que estou mandando, entendeu?

— Ficou louco, cara? — respondeu o pirata num

tom ameaçador, e agarrou de novo sua caneca. — Solte a minha caneca, senão eu te mando pro inferno!

— Eu sou o chefe!! — rugiu o primeiro. — Será que você não enxerga, seu cabeça de bode?

— Vá pro raio que o parta! — praguejou o outro pirata. — Você está sem a estrela, então não é o chefe. Você está bêbado, cara! — e nos olhos dele surgiu um brilho perigoso. Tirou o punhal da bainha e disse: — Vou dar uma espetada em você para ver se escorre um pouco da cachaça dessa sua barriga!

O primeiro pirata tirou o chapéu e, confuso, ficou olhando feito um bobo para o lugar da estrela, que estava vazio.

— Com mil demônios! — murmurou ele, olhando em círculo para seus doze irmãos. — Pensei que o chefe era eu. Mas, se eu não sou o chefe, então quem é?

O problema era o seguinte: os piratas eram tão parecidos uns com os outros, que nem eles mesmos eram capazes de distinguir quem era quem. É isso mesmo... cada um não sabia quem era, nem conseguia distinguir-se dos outros. Por isso não tinham nomes, e todos juntos formavam os 13 Piratas. Mas, como sempre era preciso haver um chefe, sempre obedeciam àquele que tinha a estrela vermelha no chapéu. Se o chefe era sempre o mesmo, ou se cada dia era um, isso eles não sabiam. Aliás nem estavam muito preocupados em saber, pois não se diferenciavam em nada um do outro.

Só que naquela hora começou a maior confusão entre os piratas, pois nenhum deles estava com a estrela no chapéu. Cada um berrava mais que os outros, dizendo que era o chefe e que queria dar ordens. Foram todos ficando cada vez mais furiosos e logo começou um verdadeiro festival de socos e pontapés entre eles. Era um pirata jogando caneca de rum na cara do outro, rum voando para todo lado, murros no queixo, e pirata rolando pelo chão grudado em outro pirata.

A briga durou um bom tempo, pois todos eram igualmente fortes, hábeis e resistentes. Para encurtar a história: no fim, havia treze piratas desmaiados no chão.

Quando viu que nenhum deles se mexia, Jim saiu mais do que depressa do esconderijo e amarrou um por um com as cordas do rolo onde tinha se escondido. Jim foi cortando os pedaços de corda com o punhal de um dos piratas. Quando terminou o trabalho, suspirou satisfeito, pregou a estrela vermelha no macacão de maquinista, pegou um archote, abriu o alçapão e desceu uma escada. Logo chegou numa porta bem baixa. Estava trancada pelo lado de fora e a chave estava na fechadura. O menino girou a chave e abriu a porta, que rangeu bem alto. Os prisioneiros estavam deitados no chão de um grande compartimento redondo, cujas paredes ao redor tinham muitas portas, grandes e pesadas, cobertas de azinhavre.

— Jim! — murmurou Lucas. — Eu sabia que você viria!

— Infelizmente não deu para vir antes — respondeu Jim, muito contente. Em seguida, o garoto libertou o amigo, cortando as cordas com o punhal. E fez o mesmo com Li Si e com todos os outros.

— Onde estão os piratas? — perguntou o capitão, procurando falar baixinho.

— Lá em cima — respondeu Jim, satisfeito. — Estão esperando por nós. Venham, vou apresentá-los a vocês.

Os prisioneiros estavam todos com cara de quem não está entendendo nada. Depois seguiram o menino, que à frente deles ia subindo as escadas com um archote na mão.

Enquanto isso, os piratas tinham acordado. Eles não conseguiam entender o que tinha acontecido, pois até aquele dia ninguém tinha conseguido derrotá-los.

Jim colocou-se na frente deles e disse:

— Eu sou Jim Knopf, que vocês queriam mandar para o dragão naquele dia, e que nunca chegou até ele. Isso é só para vocês ficarem sabendo quem os derrotou!

Os olhos dos piratas pareciam querer saltar das órbitas, de tanto medo e surpresa. Admirado, Lucas deu uma palmadinha nos ombros de Jim e disse: — Puxa vida, meu velho, você fez tudo isso sozinho?

— Fiz — respondeu Jim.

— Foi uma proeza e tanto! — disse o capitão.

— Esse Jim Knopf é um garoto e tanto — comentavam os marinheiros, com admiração.

— É claro que foi necessária uma certa astúcia, senão eu nunca teria conseguido vencer os 13 Piratas — explicou Jim.

E o garoto contou como tudo tinha acontecido. Quando terminou, todos se calaram, muito admirados. Só um dos piratas murmurou:

— Diabo... um garoto desses é que devia ser nosso chefe. Com ele, a gente ia longe...!

Lucas acendeu o cachimbo, soltou algumas baforadas e num tom quase solene, disse:

— Jim Knopf, você é realmente o cara mais legal que eu já conheci em toda a minha vida!

A princesinha Li Si, que até então não tinha dito

— *Eu sou Jim Knopf... Isso é só para vocês ficarem sabendo quem os derrotou!*

uma palavra, veio até Jim, ficou vermelha de vergonha e disse, com sua voz de passarinho:

— Por favor, Jim, desculpe o que eu disse e fiz. Foi uma besteira enorme. Agora eu sei que você não é só corajoso; você também é a pessoa mais inteligente que eu conheço. E, quando alguém é inteligente como você, não precisa aprender a ler, escrever e fazer contas.

Jim sorriu para ela e respondeu:

— Estive pensando no assunto, Li Si, e acho que você tinha razão. Agora eu quero aprender.

Em seguida, os marujos levaram os piratas amarrados para o calabouço, e Jim trancou a porta.

Depois todos se reuniram no salão, acomodaram-se confortavelmente nas peles de ursos polares e comeram o que tinha restado da leitoa assada.

Jim estava tão cansado, que acabou adormecendo com um pedaço de costeleta na mão. Aos poucos, um por um, todos seguiram o seu exemplo. Só Lucas e o capitão ficaram se alternando na guarda, tomando cuidado para o fogo não se apagar. Assim se passou a noite.

Capítulo vinte e cinco

onde Jim Knopf descobre o segredo de sua origem

Na manhã seguinte, quer dizer, quando o relógio do capitão mostrou que lá fora o sol já devia ter nascido (isto porque de dentro do recife Olho da Tempestade não dava para ver nada do que acontecia lá fora), Li Si preparou para todos um café da manhã reforçado, usando as provisões da despensa dos piratas: bolachas, manteiga salgada, sardinhas em óleo comestível, enguias defumadas, maionese de lagosta e um grande bule de café. Enquanto comiam e bebiam, Jim repetiu mais uma vez, tintim por tintim, tudo o que os piratas haviam dito. Quando chegou ao ponto da coroa e do pedaço de pergaminho, Li Si interrompeu-o e perguntou:

— Por acaso eles não disseram onde estão essas coisas? Isto é muito importante.

— Não — respondeu Jim. — Não disseram nada.

— Vamos procurar — sugeriu Lucas. — Na certa estão em algum lugar por aqui.

Depois de terminarem o café da manhã, todos acenderam seus archotes e começaram a percorrer, sozinhos ou em grupos, os milhares de corredores e câmaras do recife. Não demorou muito tempo para Jim e Li Si encontrarem a câmara do tesouro dos piratas.

De mãos dadas e com os olhos arregalados, as duas crianças percorreram o enorme salão, abarrotado das mais finas preciosidades, que brilhavam à luz dos archotes. Por toda parte havia objetos de ouro e prata, desde enormes candelabros e banheiras até taças de ouro, colheres e dedais de prata! Havia também armários e baús repletos de jóias, moedas e pedras preciosas; e no meio deles havia enormes fardos de mantos de seda bordados em pérola, além de grossos tapetes persas esparramados pelo chão. É claro que estava tudo no meio da maior bagunça, pois os piratas não davam a mínima importância para a ordem.

Jim e Li Si ficaram andando lentamente pelo enorme salão, e de repente pararam diante de um pequeno cesto de junco, todo calafetado, com todos os buraquinhos vedados com piche.

— É ele! — sussurrou Li Si, entusiasmada.

Jim abriu a tampa do cesto. Lá dentro havia uma linda coroa de doze pontas, um globo e um cetro.

— É — concordou Jim. — É mesmo!

Em seguida, as duas crianças chamaram Lucas e os outros para mostrarem o que tinham encontrado. Imediatamente, Lucas examinou o cetro e desenroscou a extremidade inferior. Dentro do cetro, bem enroladinho, estava o velho pergaminho. Lucas tirou-o e o abriu. Nele estava escrito:

Saiba o desconhecido
que encontrar essa criancinha:

Quem a salvar e a acolher com amor e lealdade será regiamente recompensado um dia com todos os seus bens.

Mas quem lhe fizer mal perderá para ela seu poder e força, e será por ela aprisionado e julgado. Pois, através da criança, o torto se indireita.

É este o segredo de sua origem: três reis sábios e santos foram até o menino Jesus a fim de lhe entregarem seus presentes. Um deles tinha a pele escura e chamava-se Gaspar.

O imenso e poderoso reino deste rei de pele escura perdeu-se e nunca mais foi encontrado.

Desde aquela época, os descendentes do rei Gaspar erram apátridas por terras e mares, sempre em busca de sua terra perdida, de sua pátria, que se chama

JAMBALA.

Trinta e três gerações se passaram desde então. E também nós, os últimos, já teremos afundado há muito tempo com nosso navio quando esta mensagem for lida, pois estamos sendo engolidos por uma tempestade.

Este menino, porém, é o trigésimo terceiro e último descendente do santo rei Gaspar, e sua missão é reencontrar Jambala. Por isso vamos colocá-lo neste cesto de junco, para que ele possa se salvar, se for esta a vontade dos céus. Entregamos essa criança nas mãos de Deus, e por isso seu nome será:

Príncipe Mirra.

Enquanto Lucas lia a mensagem, Jim foi arregalando os olhos e ficando sério. Com o coração aos pulos, ele observava a magnífica coroa que tinha nas mãos. Os outros estavam calados. Era um momento solene.

Lucas fez um movimento com a cabeça para seu amigo, e disse baixinho:

— Coloque-a na cabeça. Ela é sua.

Jim colocou a coroa reluzente sobre sua carapinha escura. O capitão e seus marujos tiraram o boné, fizeram uma reverência e disseram: — Nossos respeitos, Sua Majestade Real!

Então o capitão disse: — Viva nosso príncipe Mirra! Viva! Viva! — e os marujos repetiram muitos Vivas!, atirando seus quepes para o alto.

— Que coisa incrível, Jim, meu velho — disse Lucas, muito feliz. — Agora você é um príncipe! E que príncipe! Bem, temos que admitir que você bem merece. Mas espero que a gente continue sendo velhos amigos, tá?

— Ah, Lucas... — respondeu Jim, meio confuso de tanta felicidade.

— Jim, Jim, como estou feliz! — exclamou Li Si, batendo palmas de alegria. — Agora somos um verdadeiro casal real: príncipe e princesa!

— É — resmungou Lucas, sorrindo —, na certa o meu jovem colega é o primeiro e único maquinista do mundo a usar uma coroa.

Em seguida, todos voltaram para o compartimento principal, sentaram-se ao redor do fogo e começara a discutir o que fazer com os piratas e com seu tesouro. Decidiram primeiro levar os 13 Piratas a julgamento, para que fossem condenados nos termos da lei. Os piratas amarrados foram trazidos para cima e colocados num canto da sala, guardados de ambos os lados pelos marujos.

— Se vocês quiserem saber a minha opinião — começou o capitão —, acho que esses caras merecem a morte. Devíamos jogá-los aos tubarões, exatamente como eles queriam fazer conosco.

Os piratas continuavam calados, pálidos mas altivos. Um sorrisinho irônico iluminou suas feições sombrias.

— Sim — disse um dos marujos. — Todos nós concordamos com o capitão.

Pensativo, Jim olhou para os ladrões, que continuavam calados. Depois sacudiu a cabeça e disse: — Não, não acho justo.

— Mas eles fizeram por merecer — gritou o capitão, furioso. — Quanto a isso não há a menor dúvida!

— Pode ser — respondeu Jim. — Mas eles salvaram a minha vida, tirando-me da água.

— Você é quem decide, Jim. Afinal, foi você que conseguiu derrotá-los — disse Lucas.

Muito sério, Jim disse: — Se sou eu quem deve decidir, então quero dar-lhes a vida de presente.

No rosto dos piratas, o sorriso de ironia se apagou. Emocionados, olharam uns para os outros, pois não esperavam por aquela decisão. Até a princesinha olhou para Jim com o rabo dos olhos, muito admirada. É que ela achou a atitude do garoto muito generosa, uma atitude digna de um rei.

Bem baixinho, os piratas trocaram algumas palavras, e pela expressão deles deu para perceber que todos concordavam com alguma coisa. Foi então que um deles tomou a palavra:

— Jim Knopf, suas palavras salvaram a sua vida e a de seus amigos! Somos muito brutos, mas sabemos honrar e respeitar um ato de generosidade. Com mil demônios, defuntos e cuspidas de dragão... como sabemos! E por isso vamos presentear você e seus amigos com a liberdade.

— Ouçam só isso! — rugiu o capitão, com o rosto vermelho como um pimentão, de tanta raiva. — Esses caras ficaram loucos! Ou então são de um atrevimento do tamanho do oceano! É isso o que se ganha por querer ser generoso. A gente devia era enforcar esses caras na verga do navio, sem dó nem piedade!

— Vamos com calma — disse Lucas, interrompendo o discurso exaltado do velho lobo do mar. — Tenho a impressão de que eles estão querendo zombar da gente. Vamos ouvir o que eles têm a nos dizer.

O pirata ouviu impassível a explosão de raiva do capitão. Depois, sem alterar a expressão e com a voz grave, continuou:

— Jim Knopf, você nos derrotou e nos aprisionou, cumprindo a profecia do velho pergaminho. Sim, senhor... você fez isso. Nós tínhamos decidido morrer dignamente, sem dizer uma palavra. O diabo nos levaria, como na canção. Mas será que vocês imaginam o que teria acontecido com vocês? Nunca mais conseguiriam sair do Olho da Tempestade. Ou vocês acham que esses marujos e seu capitão iriam conseguir dirigir o navio através do grande furacão? Nesses negócios perigosos, ninguém no mundo é melhor do que os 13 Piratas.

— Ele tem razão — murmurou Jim, meio confuso.

O capitão abriu a boca para dizer alguma coisa. Mas como não lhe ocorreu nada, voltou a fechá-la novamente.

— Jim Knopf — começou um outro pirata. — Eu e meus irmãos decidimos guiar vocês e seus amigos lá para fora, mas sob uma condição.

— Qual? — perguntou Jim.

— A de que você nos devolva a liberdade — respondeu o pirata, com os olhos faiscando.
— Só faltava essa — resmungou o capitão.
Jim pensou um pouco. Depois, sacudiu a cabeça.
— Não, não. Isso eu não posso fazer. Vocês continuariam a ameaçar a tranqüilidade dos mares. Voltariam a atacar e a pilhar navios, a raptar crianças e a cometer todo tipo de malvadezas. Se é esta a condição, então vamos todos continuar aqui.

Os piratas ficaram calados por algum tempo. Por fim, um deles tomou a palavra, olhando para Jim, orgulhoso.

— Jim Knopf — disse ele com aquela voz grave —, vou dizer o que vamos fazer. Fizemos um juramento: se um dia fôssemos derrotados, poríamos fim à carreira dos 13 Piratas. Foi um juramento solene. Nunca mais vamos receber uma pena, seja ela justa ou injusta. Ninguém deve ter o direito de nos julgar, a não ser nós mesmos. Já levamos essa vida louca de piratas livres. Agora fomos derrotados. Por isso queremos ter o direito de escolher uma morte digna para piratas do nosso gabarito. Vamos viajar para o norte, e lá, onde reinam a noite e o gelo eternos, vamos nos congelar junto com nosso navio. Pode estar certo de que faremos isso, ou não nos chamamos 13 Piratas.

Com os olhos arregalados, Jim fitou os piratas. No fundo ele admirava o orgulho que os 13 sentiam de si mesmos, apesar de todas as más ações que tinham cometido.

— Se eu deixar vocês livres, vocês me prometem que nunca mais vão fazer mal a ninguém? — perguntou Jim.

Por alguns instantes, parecia que os piratas estavam refletindo sobre a pergunta. Foi então que um deles respondeu:

— Só existe uma coisa que ainda gostaríamos de fazer antes de encerrarmos nossa carreira. O dragão ajudou vocês a nos encontrarem. Não foi isto que você disse a seus amigos ontem?

— Foi — respondeu Jim. — Sem a ajuda dele eu não teria derrotado vocês.

O pirata fez um movimento com a cabeça e trocou um olhar com seus irmãos.

— Pois nós vamos procurá-lo. Temos uma continha para acertar com esse traidor — desabafou o pirata.

Jim olhou para Lucas, sem saber o que fazer. Lucas dava longas tragadas no cachimbo.

— Eles ainda não sabem que a senhora Dentão se transformou num Dragão de Ouro da Sabedoria — sussurrou Jim para o amigo. — Você acha que eles poderiam fazer algum mal a ele?

— Acho que não — disse Lucas, sério. — E acho também que o dragão precisa mesmo se encontrar mais uma vez com os 13.

Jim voltou-se para os piratas e disse: — Sei onde o dragão se encontra nesse momento. Vocês não conseguirão encontrá-lo se eu não os levar até ele. Juram que não vão mais fazer mal a ninguém?

— Juramos — responderam todos os piratas ao mesmo tempo.

Então Jim levantou-se e soltou os piratas, um a um. Os amigos do garoto mal respiravam, de tanta tensão. E os piratas, agora livres, olhavam para Jim Knopf de um jeito muito esquisito.

Depois de libertar o último, Jim disse:

— Muito bem. Agora vamos carregar todos os tesouros para o navio e vamos embora.

Por um momento, os piratas pareceram indecisos, mas acabaram obedecendo às ordens do menino. É claro que os marujos também ajudaram. E quem estava lá teve a oportunidade de presenciar uma cena jamais vista: marujos honrados e piratas temerários carregando juntos arcas e mais arcas cheias de preciosidades, e fardos enormes de tecidos finos.

— Puxa vida, garoto — disse Lucas, soltando uma gorda baforada de fumaça —, essa foi mesmo muito ousada!

— Se foi! — acrescentou o capitão. — Quero que uma baleia inteira com seus sete filhotinhos entre nadando agora mesmo pela minha goela adentro! Se nesse covil tivesse pente, eu ia até me pentear, porque estou de cabelo em pé! Mas, para dizer a verdade, nosso príncipe Mirra não podia ter agido de maneira mais sensata. Sou um velho lobo do mar, e meus homens também são muito experientes, mas a gente jamais conseguiria sair de dentro dessa tromba d'água. O mais respeitável homem do mar não ousaria nem sonhar com o que esses demônios de piratas são capazes de fazer. Tenho que admitir que foi uma jogada arriscada, mas Jim Knopf saiu ganhando.

— Vamos esperar. Ainda não acabou — disse Lucas.

Quando tudo estava pronto para a partida, um dos piratas veio falar com Jim Knopf: — Está tudo pronto. Para onde vamos viajar?

— Para Mandala — disse Jim.

E então saíram, subiram a bordo do navio de velas vermelhas, e começou a incrível viagem de volta.

Capítulo vinte e seis

*onde Ping Pong acaba merecendo
um monumento e o Dragão de Ouro da Sabedoria
desperta a ira do Imperador de Mandala*

O que teria acontecido com Ping Pong, depois que ele conseguiu escapar do naufrágio do navio azul, dentro de um barril?

Pois ele também iria viver a mais fantástica aventura de sua vida, que, como sabemos, ainda não era muito longa. O que ele realizou levou-o a merecer o maior respeito e admiração de todos.

Abandonado ao sabor das ondas furiosas em seu barrilzinho de madeira, e a milhas de distância de toda e qualquer ajuda humana, Ping Pong começou a pensar no que seria mais sensato fazer. Só que ele não conseguia pensar direito, pois era constantemente perturbado pelas ondas, que jogavam seu bote para cima e para baixo. Sem dúvida ele teria exigido um tratamento melhor, se pudesse reclamar com alguém. Mas não havia ninguém por perto... só a tempestade e as ondas.

Assim, ele perdeu horas a fio na tentativa inútil de pensar em alguma coisa razoável; de repente, uma

*Mas não havia ninguém por perto... só a tempestade
e as ondas.*

rajada de vento forte soprou por debaixo do guarda-chuvinha aberto e quase o carregou. Ping Pong só teve tempo de agarrar o cabo do guarda-chuva e, irritado, puxá-lo para dentro novamente. Mas o vento resolveu repetir a brincadeira, e não apenas uma vez. Ping Pong usava todas as forças de seus dois palmos de altura para opor resistência à tempestade, que por pouco não o arrancou de dentro de sua embarcação. Mas o pequeno dignitário não soltava nem do cabo do guarda-chuva, nem do barril de madeira. De repente, teve uma idéia gloriosa: usando o cordão do seu roupão dourado, Ping Pong fixou o cabo do guarda-chuva na borda do barril, transformando sua embarcação num barco a vela, ainda que meio esquisito, é claro. O resultado foi que o vento começou a impelir o barquinho sobre o mar revolto a uma velocidade espantosa.

O velejador intrépido podia ter sido impelido cada vez mais para dentro do oceano infinito. Mas, por sorte, o vento estava soprando na direção da terra firme, ou seja, das costas de Mandala. Na mesma noite em que Jim chegou à Terra Que Não Pode Ser, Ping Pong chegou ao porto de Ping, com o vento soprando forte no seu guarda-chuvinha.

Assim que perceberam sua presença, alguns trabalhadores do porto tiraram Ping Pong da água e o levaram para terra firme. Depois de ter sido salvo, a primeira coisa que o neto honorário de Mandala fez foi pensar no salvamento dos outros. Ordenou imediatamente que tudo o que tivesse velas ou remos, ou seja, toda a frota mandalense, partisse imediatamente em busca dos marujos náufragos e, se possível, dos prisioneiros dos 13 Piratas. Enquanto os navios se preparavam para a partida, o pequeno Bonzo-mor foi imediatamente até o Imperador para contar com todos os detalhes o que tinha acontecido. A tristeza e a dor do Imperador depois dessa terrível notícia parecia não ter limites. Mas o que mais lhe doía era imaginar o que podia ter acontecido à sua filha.

— Perdi minha filha — dizia ele, com o rosto muito pálido. — E meus amigos também...

Em seguida, foi sozinho até seus aposentos e chorou amargamente.

Ping Pong voltou depressa para o porto, de carruagem. Enquanto isso, a frota já estava pronta para partir. Para indicar o lugar onde ocorrera a terrível tragédia, Ping Pong subiu no maior navio, que logo se colocou à frente dos outros. Uma verdadeira floresta de mastros acompanhava o navio principal. Mais tarde os navios se dispersaram, e durante toda a noite vasculharam as águas em busca dos náufragos, iluminando o mar com a luz de archotes. Para encurtar a história: conseguiram resgatar todos. Por esse feito, o corajoso Bonzo-mor ganhou mais tarde, em Mandala, um monumento em tamanho natural! E para ninguém tropeçar no ''grande'' monumento, ele foi colocado em cima de uma coluna de jade bem alta. Até hoje ele está lá, e quem visitar Ping terá oportunidade de vê-lo.

Após o resgate dos náufragos, os navios da frota mandalense não retornaram imediatamente para casa. Continuaram procurando, pois Ping Pong não queria deixar em apuros os prisioneiros dos 13.

Foi assim que, na noite seguinte, o navio pirata entrou no porto de Ping, completamente deserto, e encostou no cais. Dá para imaginar o pânico que tomou conta dos moradores da cidade. Todos acharam que os 13 Piratas tinham vindo para invadir e saquear a cidade, deixando atrás de si um rastro de fumaça e destruição. Muitos moradores debandaram para o interior do país, enquanto outros, mais corajosos, ficaram em casa, abrigando-se por trás de barricadas improvisadas.

Quando Lucas e Jim, seguidos por Li Si, pelo capitão, e pelos marujos, desceram à terra firme, olharam surpresos à sua volta, pois o porto e todas as ruas estavam completamente desertos.

— Chegamos, pessoal, mas parece que ninguém estava esperando por isso — disse Lucas.

A princípio, os piratas hesitaram em descer à terra. Depois foram desembarcando, um atrás do outro, meio desconfiados.

Como por perto não havia nenhuma carruagem, todos tiveram que tomar a pé o caminho para o palácio imperial. À luz do crepúsculo, todas as ruas e praças estavam completamente desertas, todas as portas trancadas e todas as luzes apagadas. E foi assim também que encontraram o palácio: os soldados da guarda pessoal do Imperador não tinham debandado, mas tinham marchado em direção ao porto para enfrentarem os 13. Só que tomaram um atalho, e por isso desencontraram-se dos que estavam chegando.

Como o grande portão de ébano estava trancado, Li Si conduziu seus amigos e os piratas pela porta da cozinha até o interior do palácio. Os passos do grupo ecoavam, pois todos os corredores estavam escuros e desertos.

Quando finalmente chegaram à sala do trono, encontraram o Imperador sozinho e abandonado em sua poltrona de prata e diamantes, sob o baldaquino de seda azul-celeste. Ele estava com a cabeça apoiada nas mãos e não se movia. De uma única vela saía uma luz trêmula.

Foi então que ele ergueu lentamente a cabeça para ver quem estava entrando. Mas, no escuro, não reconheceu seus amigos. Só conseguiu distinguir a silhueta gigantesca dos piratas. O Imperador endireitou-se no trono e, com os olhos fundos naquele rosto pálido, parecia pedir clemência.

— O que vocês ainda querem, seus monstros sem consciência? — perguntou ele, com uma voz baixa, mas que encheu todo o recinto. — O que estão procurando aqui? Vocês roubaram o que eu tinha de mais valioso. Por acaso querem subir no meu trono e tomar o meu reino? Só se for por cima do meu cadáver!

— Papai! — gritou a princesa — Não está nos reconhecendo?

A menina saiu correndo e se jogou no colo do pai. A surpresa deixou o Imperador imóvel feito uma estátua. Aos poucos ele se recuperou e deu um abraço forte na filha. Duas lágrimas brilhantes rolaram por seu rosto pálido até chegarem à sua barba branquinha e ele murmurou: — Não estou sonhando... é você mesmo, meu passarinho, minha filha! É você que eu estou vendo de novo! Oh, e eu que pensei que...

Envergonhados, os piratas se olharam, e depois pregaram os olhos no chão. Até eles se comoveram com aquela cena. Aquela emoção era um sentimento desconhecido para eles. Foi como se de repente o coração de cada um virasse manteiga derretida... era uma coisa meio desagradável. Dava para perceber que estavam muito confusos, sem saberem explicar o que estava acontecendo.

Em seguida, o Imperador abraçou Lucas e Jim, e cumprimentou o capitão e seus marujos. Passou os olhos pelos piratas e perguntou: — Quer dizer que agora esses monstros são seus prisioneiros?

— Não — respondeu Jim. — Eles são livres.

Admirado, o Imperador ergueu as sobrancelhas.

— É isso mesmo, Majestade — disse Lucas. — Mas, apesar de estarem livres, os 13 foram derrotados para sempre. O príncipe Mirra, sozinho, venceu todos eles.

— Quem é o príncipe Mirra? — perguntou o Imperador, admirado.

E então lhe contaram toda a história. Quando terminaram, o Imperador permaneceu calado por um bom tempo, e seu olhar carinhoso e cheio de admiração repousou sobre o garotinho negro, o último descendente de um dos reis magos. Alguns minutos depois, o Imperador disse: — Quero fazer tudo o que estiver ao meu alcance, príncipe Mirra, para que você reencontre o reino de seu pai, a que tem direito.

Depois tomou a vela nas mãos e foi caminhando na direção dos piratas. Iluminou o rosto de cada um, como se estivesse procurando alguma coisa que ele sabia muito bem o que era. Eles tentaram enfrentar o Imperador com uma expressão altiva e sombria, mas não conseguiram: um a um, todos baixaram os olhos. Então o Imperador balançou a cabeça num gesto de reprovação e disse:

— Vocês não querem se curvar, mesmo depois de terem sido vencidos?

— Não — respondeu um dos piratas, com voz grave. — Os 13 Piratas jamais se curvam diante de nada e de ninguém. Leve-nos agora ao traidor, ao dragão. É por isso que estamos aqui.

— O dragão — murmurou o Imperador, assustado. — Deus do céu! Eu cometi uma grande injustiça com ele!

— O que aconteceu? — perguntou Jim.

O Imperador explicou:

— Quando Ping Pong me trouxe aquela terrível notícia, fiquei fora de mim de tanta dor. Fui até o dragão a fim de fazê-lo falar, pois eu achava que com suas palavras enigmáticas ele tinha lançado vocês premeditadamente nos braços da desgraça. Mas ele não respondeu nem às minhas ordens, nem aos meus amargos suplícios. Ele só conversa com vocês, meus amigos. Então a ira tomou conta de mim. Para puni-lo, mandei que apagassem todas as lanternas do pagode, para que daquela hora em diante ele ficasse no escuro. Coloquei uma pesada corrente na porta e tranquei-a com um cadeado, que nunca mais poderá ser aberto.

— Um momento, Majestade — interrompeu Lucas —, o senhor disse que Ping Pong esteve aqui?

— Esteve, sim, meus queridos amigos — respondeu o Imperador. E então ele contou o que tinha acontecido com Ping Pong, inclusive que ele tinha saído com a frota mandalense em busca dos náufragos.

— Ah, por isso é que não havia nenhum navio no porto — observou Jim.

— Puxa vida! — disse Lucas, todo feliz. — Esse Bonzo-mor é mesmo incrível!

— Também acho — concordou Jim.

— O que vamos fazer com o dragão? — perguntou o Imperador. — Preciso ir imediatamente pedir desculpas a ele. Mas não dá para abrir o cadeado.

— Vamos dar uma olhadinha — sugeriu Lucas.

Cada um pegou uma vela do candelabro e a acendeu na vela do Imperador, inclusive os piratas. Foram todos caminhando pelo palácio deserto em direção ao jardim, que ficava lá embaixo, e que àquela hora estava envolto pela escuridão da noite.

Capítulo vinte e sete

onde se endireita o que está torto

Quando chegaram na frente do grande pagode, Lucas pediu para alguém segurar sua vela e tentou abrir o cadeado que prendia as correntes. Primeiro tentou fazer a coisa com jeito; como não deu certo, resolveu tentar à força. Mas não conseguiu nada. O cadeado não se abria.

Por fim, endireitou o corpo, enxugou o suor da testa e resmungou:

— Essa droga não abre mesmo!

— Não — respondeu o Imperador, muito sério. — É um cadeado Nunca-abre, obra-prima da tradicional serralheria mandalense. Jamais alguém conseguiu abrir um cadeado como esse.

Um dos piratas deu um passo à frente e disse: — Vamos lá, irmãos!

Os piratas deram suas velas para os outros segurarem, depois colocaram-se de ambos os lados da porta, pegaram a corrente, que, além de ser de aço mandalense, era de três voltas, e começaram a puxar. A corrente se esticou, e por alguns minutos só se ouvia a respiração ofegante dos piratas. De repente ouviu-se um estalido metálico e seco, e a parte do meio da corrente se arrebentou.

— Muito bem! Está aí uma coisa que ninguém faz melhor do que vocês! — disse Lucas.

Então os piratas escancararam a porta do pagode e entraram. Como estava muito escuro lá dentro, tiveram que esperar até Jim, Lucas e os outros entrarem com as velas. Os ornamentos das paredes e do teto brilhavam misteriosamente na penumbra. Os dois amigos aproximaram-se do Dragão de Ouro da Sabedoria, que continuava na mesma posição em que o tinham deixado, isto é, apoiado sobre as patas dianteiras. Ele não parecia estar zangado com a injustiça que tinham cometido contra ele. Ao contrário, estava com um certo ar de felicidade. Calados, os dois amigos seguravam suas velas e esperavam. No silêncio, dava até para ouvir o suave crepitar das chamas.

Impressionados, os piratas pareciam estar plantados no chão, fitando o dragão com seus olhinhos vesgos arregalados.

Finalmente, um deles disse: — Não. Este não é o dragão que estamos procurando. A Dentão não era assim. Com mil demônios! Vocês nos enganaram.

Com a expressão sombria e zangada, um dos piratas sacou da espada. Nesse momento, o dragão começou a se mexer. Voltou os olhos cor de esmeralda para os piratas, e de novo seu olhar pareceu se inflamar. Os treze homenzarrões ficaram parados onde estavam.

— Sou eu que vocês estão procurando — ecoou a voz sonora e misteriosa do Dragão de Ouro da Sabedoria. — Só que vocês, meus companheiros de viagem pelas trevas, não estão me reconhecendo. Pois eu me transformei.

Os piratas estavam confusos e não sabiam o que dizer ou fazer. De repente, um deles se reanimou e, louco de raiva, gritou: — Por que você nos traiu?

— Eu não traí vocês — respondeu o dragão. — Mas achei que já era hora de acordar suas consciências para um velho equívoco. Só assim vocês serão o que acreditam ser, e poderão servir ao rei, que é meu senhor, e que será também o de vocês.

— Nunca iremos servir a ninguém, enquanto formos os 13 Piratas — berraram os piratas.

— Vocês não são os 13 — ressoou a voz do dragão. Os piratas o fitaram boquiabertos.

— E quem nós somos, então? — perguntou um deles.

O dragão voltou os olhos para a princesinha, que agarrou a mão de seu pai, amedrontada.

— Princesa Li Si — disse o dragão —, em Mummerland, você aprendeu a fazer contas na escola. Não quer ajudar seu salvador a endireitar o que está torto, conforme estava escrito no velho pergaminho escondido dentro do cetro do rei Gaspar?

— Sim, quero — murmurou Li Si.

— Então conte quantos são os 13.

A princesinha fez o que o dragão estava pedindo, e seus olhos se arregalaram de admiração. Para ter certeza, contou mais uma vez. Finalmente, disse:
— São apenas doze.

O efeito dessa resposta sobre os piratas foi muito estranho. Eles empalideceram e, de um momento para outro, pareciam completamente perdidos. Os outros, principalmente Jim e Lucas, ficaram mudos ao ouvirem aquilo. Até aquele instante, ninguém tinha pensado em contar quantos eram os piratas.

Depois de algum tempo, um dos piratas conseguiu

se recompor e, com muito esforço, disse: — Não pode ser. Nós sempre fomos doze; com mais um, que era o chefe, são treze.

— Não — replicou Li Si —, o chefe era sempre um de vocês.

Os piratas ficaram completamente enrolados em seus pensamentos, com a testa molhadinha de suor.

— Talvez você tenha razão — disse um deles. — Mas mesmo assim essa conta dá treze, não dá?

— Não — assegurou Li Si. — Dá só doze.

— É uma conta difícil demais para nós — murmurou um terceiro. — Não estamos entendendo nada. Doze piratas mais um chefe dá apenas doze?

— Chega dessa droga de fazer contas! — desabafou um quarto.

— Quer dizer que nós não somos e nunca fomos os 13? — perguntou um quinto.

— Não — respondeu o dragão. — Vocês se enganaram. Eu sempre soube disso.

Por um momento, reinou o maior silêncio. Ninguém dizia nada. Os piratas estavam com uma cara de dar dó.

O silêncio só se quebrou de novo com a voz do Dragão de Ouro da Sabedoria: — Vocês, que são meus senhores, aproximem-se um pouco mais.

Jim e Lucas aproximaram-se do dragão.

— Vocês já descobriram muitas coisas, mas não tudo — disse o dragão, em voz baixa.

Jim respondeu: — Eu segui o seu conselho, Dragão de Ouro da Sabedoria, e descobri o segredo da minha origem.

— Eu sei, príncipe Mirra — ressoou a voz misteriosa, vinda de dentro do dragão. — Mas você só se tornará rei quando encontrar o seu reino.

— Será que você poderia me dizer onde ele fica? — perguntou Jim, todo esperançoso. — Achei que talvez você soubesse...

— E sei — respondeu o dragão, e novamente desenhou-se sobre sua boca aquele sorriso enigmático. — Mais uma vez, porém, terei de me calar para seu próprio bem, pois ainda não é chegada a hora de revelar isso. A magnífica terra de Jambala está escondida, e ninguém poderá encontrá-la.

— Será que eu vou ter de descobrir sozinho onde ela está? — perguntou Jim, meio decepcionado.

— Desta vez você não vai conseguir, meu pequeno senhor — respondeu o dragão. — E ninguém poderá ajudá-lo, a não ser esses doze que pensavam ser treze.

Surpresos, os piratas ergueram os olhos para o dragão.

— Saiba, pequeno mestre — prosseguiu o dragão —, que aquele rei de pele escura, o sábio Gaspar, tinha um inimigo terrível. E esse inimigo... era eu. Você bem sabe que os dragões são muito velhos. Mas ele não conseguiu vencer-me e fazer com que eu me transformasse no Dragão de Ouro da Sabedoria. Quem conseguiu esse feito foi você, príncipe Mirra.

Ouviu-se um murmúrio entre os piratas. Jim voltou-se para eles, e viu que um deles vinha andando em sua direção. Ao chegar perto do menino, o pirata analisou-o de cima a baixo.

— É verdade o que o dragão está dizendo? — perguntou ele, com sua voz grave. — Você conseguiu derrotá-lo?

— Junto com Lucas — respondeu Jim, acenando afirmativamente com a cabeça.

— E foi você que o transformou no que ele é agora? — prosseguiu o pirata.

— Não — respondeu Jim —, eu não. Só que a gente não o matou. Achamos melhor trazê-lo até aqui. Ele é que se transformou sozinho.

— Sim... foi assim mesmo — confirmou Lucas.

Com os olhos brilhando, o pirata disse: — Jim Knopf, você nos derrotou e nos devolveu a vida. Você também derrotou o dragão, junto com seu amigo, e deixou-o vivo para que ele se transformasse e passasse a considerar você seu senhor. Nós tínhamos jurado que a carreira dos 13 estaria acabada no momento em que eles fossem derrotados. Mas acontece que nunca fomos 13. De um jeito ou de outro, quem a gente era não existe mais. Eu gostaria de perguntar-lhe se você não quer ser nosso chefe. A estrela vermelha você já tem.

Sem saber o que responder, Jim olhou para Lucas. O amigo endireitou o boné na cabeça e coçou a orelha.

— Acho que não — respondeu Jim, depois de pensar um pouco. — Não estou a fim de ser chefe de pirata.

— Será que a gente também não poderia se transformar como o dragão? — perguntou um dos piratas, cheio de esperança.

— Não — ecoou a voz que vinha de dentro do Dragão de Ouro da Sabedoria. E mais uma vez se desenhou em sua boca aquele sorriso enigmático. — Vocês não precisam disso, só precisam de um chefe. Mas para que esse menino se torne seu chefe, é preciso que vocês lhe devolvam a soberania a que ele tem direito.

— Pois nós faremos isso! — disse um dos piratas. — Obedeceremos ao nosso novo chefe, ainda que isto nos custe a vida. Juramos!

— Juramos! — murmuraram os outros, meio acabrunhados.

— Ninguém deve ordenar o que vocês têm de fazer — replicou o dragão, com uma voz meio austera.

— Vocês terão de fazê-lo de livre e espontânea vontade. É uma coisa tão apavorante, que só mesmo vocês teriam coragem para fazê-la; e requer tanta força, que só mesmo vocês a teriam. Esse feito será a penitência de vocês. O príncipe Mirra não poderá pôr os pés em seu reino, enquanto vocês não cumprirem essa penitência de livre e espontânea vontade.

— O que teremos de fazer? — perguntou um dos piratas.

— O grande reino do rei Gaspar submergiu nas águas — disse o dragão. — E continua lá embaixo, submerso, há mais de mil anos.

— Por que é que ele afundou? — perguntou Jim com os olhos arregalados.

— Porque *eu* o afundei para arruinar o rei de pele escura, meu inimigo naquela época. Usando a força dos vulcões, sobre os quais os dragões têm poder, fiz com que a terrível Terra Que Não Pode Ser emergisse do fundo do mar. E a terra de Jambala, como se estivesse no outro prato de uma enorme balança, teve que afundar. Foi assim que ela desapareceu, e nunca mais foi encontrada.

— Ah, sei... — disse Jim. — Quer dizer que, se a gente afundar a Terra Que Não Pode Ser, meu reino emergirá novamente?

— Isso mesmo — ecoou a voz sonora do dragão. — Só que ninguém é capaz disso. Nem mesmo eu, pois agora estou transformado. Só os 12, que pensavam ser 13, é que podem realizar esse feito.

— Teremos de afundar nossa casa, o Olho da Tempestade? — perguntaram os piratas.

— Sei que vocês não têm medo nem da morte — continuou o Dragão de Ouro da Sabedoria —, mas um sacrifício como esse é muito grande, não é?

Os piratas calaram-se. Uma expressão de medo tomou conta de suas caras.

— Prestem atenção — continuou a voz misteriosa do Dragão de Ouro da Sabedoria. — No Olho da Tempestade, bem no meio da Terra Que Não Pode Ser, existe uma sala com doze portas antiqüíssimas, feitas de cobre.

— O calabouço onde nós estávamos — murmurou Lucas.

O dragão prosseguiu: — Abram essas portas para que a corrente de água entre, percorra os milhares de corredores e canais, vá subindo, e encha toda a Terra Que Não Pode Ser. Quando as águas chegarem à pontinha mais alta, e todos os canais estiverem cheios, o recife ficará tão pesado, que acabará afundando.

Os piratas trocaram um olhar, sacudiram a cabeça, e um deles disse: — Já tentamos abrir essas portas, pois queríamos saber o que havia atrás delas. Só que nenhum de nós conseguiu.

— Isto porque vocês não sabiam de um segredo — prosseguiu o dragão. — Essas doze portas só se abrem todas ao mesmo tempo. Por isso é preciso que doze homens iguais, com a mesma força e o mesmo batimento cardíaco, abram as portas de cobre ao mesmo tempo. Só que, quando vocês tiverem conseguido fazer isso, precisarão sair correndo e chegar logo ao seu navio, do contrário serão tragados pelas águas.

— E onde é que o meu reino vai reaparecer? — perguntou Jim, quase sem fôlego de tanta emoção.

— Volte para a sua ilha, príncipe Mirra — respondeu o Dragão de Ouro da Sabedoria. E o fogo esverdeado de seus olhos ficou tão forte, que os ouvintes mal conseguiam olhar para ele: — VOLTE PARA CASA E FICARÁ SABENDO DE TUDO.

Dito isso, o olhar do dragão passou por cima dos presentes e perdeu-se num ponto qualquer, bem distante dali. O fogo esverdeado pareceu apagar-se de seus olhos. Jim gostaria muito de ter perguntado sobre Molly, mas sabia que desta vez o dragão não responderia mais nada. Além disso, ele se lembrava muito bem das palavras que o dragão havia dito naquela outra ocasião: ele teria de volta o que lhe pertencia, e seus olhos veriam o que era quando chegasse a hora. Eram palavras enigmáticas, mas Jim tinha certeza de que um dia compreenderia o que significavam.

Capítulo vinte e oito

*onde os piratas cumprem a sua penitência
e compõem uma nova canção*

Sem dizer uma palavra, todos saíram para o ar livre, e ficaram parados na grande praça em frente ao pagode. O vento da noite fazia tremer a luz das velas. Ninguém ousava quebrar o silêncio. Com os olhos cheios de perguntas sem respostas, e muito tensos, todos olhavam para os doze irmãos. O que será que eles iam resolver? Será que fariam aquele grande sacrifício, ou será que o príncipe Mirra continuaria sendo para sempre um rei sem-terra? Cabisbaixos, os piratas nem se moviam.

Finalmente, Jim não conseguiu mais se conter e deu um passo em direção aos 12. Mas não foi capaz de dizer uma palavra. Os piratas ergueram os olhos, fitaram o menino, e um deles murmurou:

— Dê-nos um tempo para pensar! Até amanhã de manhã teremos uma resposta.

Calado, Jim concordou com a cabeça. Depois voltou-se lentamente para Lucas, e os dois foram caminhando para o palácio, seguidos pelo Imperador, por Li Si e pelos marujos.

Ao ficarem sozinhos, os piratas fizeram uma grande fogueira na praça e sentaram-se ao redor dela. Imóveis, fitavam o fogo. É claro que ninguém estava com vontade de cantar; de mais a mais, a canção dos 13 não tinha mais nenhum sentido. Naquela noite eles trocaram poucas palavras. Mas, quando a primeira estrela da manhã brilhou pálida no firmamento, já tinham tomado uma decisão. Apagaram o fogo e viram Jim e Lucas caminhando na direção de onde estavam. Um dos irmãos foi ao encontro dos dois.

— Está decidido. Vamos afundar o Olho da Tempestade — disse o pirata.

Jim segurou a mão de Lucas e respondeu baixinho: — Então a gente vai com vocês.

Os doze irmãos olharam admirados para o garoto.

— Vocês não querem ir para casa? — perguntou um deles.

— Não — disse Jim. — Vocês vão afundar suas terras por mim. Por isso, queremos dividir com vocês os perigos de sua proeza.

Os piratas trocaram um olhar de admiração, e concordaram com Jim. Nesse instante, seus olhos brilharam.

Quando o sol iluminou Ping, o navio de velas vermelhas já estava em alto-mar, navegando em direção à Terra Que Não Pode Ser.

Na mesma hora, a princesinha entrou no quarto dos dois amigos para acordá-los e chamá-los para o café da manhã. Mas só encontrou uma folha de papel, na qual a mão desajeitada de Lucas havia escrito:

ATÉ A VISTA, EM JAMBALLA

Assustada, a menina desceu correndo as escadas até o jardim, para perguntar ao dragão qual seria o desfecho daquela nova aventura. Mas quando chegou à porta do grande pagode lembrou-se de que o dragão talvez não fosse falar com ela, pois só falava na presença de seus dois senhores. Como estava muito preocupada, e sem saber o que fazer, Li Si resolveu entrar assim mesmo.

Com todo o respeito, a menina aproximou-se do enorme Dragão de Ouro da Sabedoria e colocou a folha de papel com o bilhete de Lucas na frente dele. Depois deu um passo para trás e, como não teve coragem de dizer nada, fez uma reverência. Assim permaneceu, com o coração aos pulos e o rosto quase encostado no chão.

"Por favor", pensava Li Si, "por favor diga-me se vai acontecer alguma coisa de ruim com eles." Seus lábios só conseguiram balbuciar uma palavra: Jim!

— Fique tranqüila, jovem rainha de Jambala! — disse de repente uma voz muito suave.

Li Si ergueu os olhos. Será que o dragão tinha falado com ela? Imóvel, ele continuava apoiado nas patas dianteiras, e tinha o olhar perdido na distância. Mas não havia mais ninguém ali; portanto, só podia ter sido ele.

— Muito obrigada! — murmurou Li Si, fazendo outra reverência. — Muito obrigada, Dragão de Ouro da Sabedoria!

A menina saiu do pagode, foi correndo até seu pai, que estava sentado no terraço, e contou-lhe tudo.

— Até hoje o céu protegeu nossos queridos amigos — disse ele, profundamente comovido. — Tenha certeza de que não vai abandoná-los agora.

Por volta do meio-dia, Ping Pong chegou ao porto

de Ping com a frota mandalense. O capitão do navio oficial e seus marujos saudaram com muita alegria os náufragos que haviam sido salvos e contaram-lhe o que havia acontecido durante sua ausência.

A noite já estava caindo quando o navio de velas vermelhas atravessou o furacão a uma velocidade fantástica e se aproximou da enorme tromba d'água. Mais uma vez, os piratas deram algumas voltas em torno da gigantesca coluna de água, sacudida e iluminada por milhares de raios, até conseguirem atingir a mesma velocidade de rotação. Deixaram seu navio ser tragado por ela e impelido para cima, e aterrissaram na calmaria do Olho da Tempestade.

Jim e Lucas desceram do navio junto com os piratas e acompanharam-nos até a grande sala no interior do recife, onde estava o alçapão que conduzia ao calabouço com as doze portas de cobre esverdeado.

— Ouçam bem — disse um dos piratas aos dois amigos. — Lá embaixo vocês não poderão nos ajudar. É melhor voltarem para o navio e prepararem tudo para a partida. Quando subirmos, teremos de zarpar imediatamente.

— Se é que vamos conseguir subir — disse um outro.

Por um momento, todos ficaram calados. Então o primeiro pirata disse: — Bem, se a gente não subir, vocês terão que se virar sozinhos.

— Certo! — disse Jim.

— Mas não esperem muito tempo — acrescentou um terceiro pirata. — Não poderão fazer nada por nós. Portanto, tratem pelo menos de salvar suas peles.

— Tem mais uma coisa que a gente queria dizer, Jim Knopf — resmungou o primeiro. — Aconteça o que acontecer, e caso a gente nunca mais se veja, saiba que de hoje em diante somos seus amigos.

Todos acenaram para Jim; em seguida, abriram o alçapão e, um a um, todos desapareceram dentro do calabouço.

— Está na hora, Jim. Vamos! — disse Lucas.

Quando chegaram ao navio, Lucas amarrou umas cordas bem compridas nos cepos do freio, através dos quais o casco do navio tinha sido preso na rampa, e jogou as pontas dos fios para Jim, que estava lá em cima, no tombadilho. Jim pegou as pontas e se preparou para puxá-las imediatamente, quando chegasse a hora. Depois Lucas subiu até onde Jim estava. Os dois não conseguiam conversar, tamanho era o barulho de órgão que vinha do furacão. Por isso ficaram calados, um ao lado do outro, esperando.

De repente, no meio daquele barulhão infernal, deu para ouvir um terrível estouro lá dentro do recife. No mesmo instante, a Terra Que Não Pode Ser começou a tremer de cima a baixo. O barulho foi ficando cada vez mais próximo, ao mesmo tempo que dos furos e canais que ficavam mais embaixo começou a jorrar água. A água subia e jorrava, borbulhando, formando rios caudalosos sobre a superfície do recife. Jim estava numa dúvida cruel: não sabia se puxava as cordas presas ao freio, ou se esperava mais um pouco. Foi então que de repente um imenso jorro de água saiu pela porta que levava ao interior do Olho da Tempestade, e atingiu com uma força incrível o navio, que chegou a se inclinar, ameaçando virar. Mas, no meio da espuma branca das águas, os dois amigos conseguiram reconhecer um amontoado de corpos humanos. Usando todas as suas forças, Lucas resolveu enfrentar a força daquela massa de água e agarrou um pirata pelo braço. Como eles estavam grudados uns nos outros, o maquinista conseguiu puxar todos para o convés.

Só que já era tarde demais para zarpar. Toda a Terra Que Não Pode Ser tremia com uma força incrível, como se quisesse resistir ao seu fim. Os elementos lutavam implacavelmente, com todas as suas forças, pois finalmente tinha chegado sua vez. Os dois amigos e os doze piratas agarravam-se no mastro, como podiam. De repente o navio foi arremessado no ar e voou feito uma bola. Então, a massa de água que saía pela ponta do recife atingiu-o novamente e jogou-o para baixo. Nesse meio tempo, toda a enorme montanha já se tinha enchido de água e cuspia rios espumantes por todos os buracos. A água borbulhava e soltava uma fumaça úmida. Sem parar, os raios riscavam o ar e apagavam-se na água.

Então o mar se abriu ao redor da Terra Que Não Pode Ser, formando um redemoinho incrivelmente grande. Lá de dentro saía um rugido de águas revoltas e, como se estivesse sendo mastigado, todo aquele recife enorme foi tragado pelo redemoinho, deixando para trás bolhas enormes, e desapareceu nas profundezas.

No mesmo instante, a tromba d'água ruiu e desapareceu. Só ficou o gigantesco redemoinho escuro, que arrastou o navio para dentro de seu círculo e o foi levando para baixo, cada vez mais para o fundo, como se quisesse tragá-lo com sua goela insaciável.

Mas a essa altura os doze piratas já tinham conseguido se recompor. As velas vermelhas tinham sido destruídas, mas o leme continuava funcionando. O navio já tinha descido algumas centenas de metros e deslizava quase verticalmente sobre aquela parede de água, sempre em círculo e cada vez mais para o fundo. Através da densa cortina de chuvisco, a última coisa que os dois amigos viram foi a luta desesperada dos piratas contra aquela poderosa esteira, para erguerem o navio metro a metro em direção à superfície do mar. Lucas e Jim só tiveram tempo de reunir suas últimas forças e de se agarrarem ao mastro. Depois desmaiaram.

Quando recobraram os sentidos, olharam surpresos à sua volta. O redemoinho tinha se fechado e uma brisa suave soprava sobre a superfície lisa de um mar calmo. No céu, o sol poente tingia o azul de vermelho-escuro.

Junto à amurada despedaçada do navio, os doze piratas, lado a lado, olhavam calados para aquele ponto do oceano, onde um dia fora sua morada.

Jim e Lucas foram até eles. Depois de algum tempo, um dos piratas disse com sua voz grave:

— Fizemos o que o Dragão de Ouro da Sabedoria ordenou. Cumprimos nossa penitência. Mas para onde vamos agora, Jim Knopf? Não temos mais casa. E se você não aceitar ser nosso chefe, e não nos aceitar em seu reino, teremos que ficar cruzando os oceanos indefinidamente com nosso navio.

— Lummerland é pequena demais para nós todos — respondeu Jim, bem baixinho. — Mas se eu descobrir onde fica Jambala poderemos viajar juntos até lá. Aí vocês poderão ser minha guarda pessoal, e terão a missão de defender o meu reino.

— Como vamos nos chamar? — perguntou, ansioso, um dos piratas.

— Que tal Príncipe Mirra e seus Doze Invencíveis? — sugeriu Jim.

Boquiabertos, os doze piratas ficaram olhando o garoto por alguns instantes, e depois começaram a fazer uma verdadeira farra, de tão contentes que estavam.

— Ho! Ho! — gritavam eles, às gargalhadas. —

Ótimo! Ótimo! Ho! Ho! Viva o Príncipe Mirra e seus Doze Invencíveis!

Em seguida formaram um círculo em torno do garoto, ergueram-no do chão e começaram a jogá-lo pra cima aos gritos de — Viva!

Lucas, que observava tudo sorrindo, coçou a cabeça e murmurou: — Calma, gente, cuidado para não machucar nosso príncipe!

Então, aos berros, os piratas começaram a cantar. A música era a mesma de antes, mas a letra era outra, e foi surgindo espontaneamente. E como todos os irmãos eram iguaizinhos, iam todos improvisando ao mesmo tempo:

> Doze homens dispostos a lutar,
> Ho! Ho! Ho! — e um incrível príncipe negro,
> Guardam o reino do velho rei Gaspar,
> Ho! Ho! Ho! — e do incrível príncipe negro!
> Deixamos de lado o rum, o roubo e a baderna
> Ho! Ho! Ho! — pelo incrível príncipe negro!
> E de agora em diante juramos fidelidade eterna,
> Ho! Ho! Ho! — ao incrível príncipe negro!

Passado o entusiasmo inicial, e depois de sentir terra firme sob os pés e de ter recobrado o fôlego, Jim disse:

— Agora que somos amigos, posso confessar que não me agrada a idéia de não conseguir distinguir vocês. Acho que devíamos inventar alguma coisa para cada um ser reconhecido.

— Seria ótimo — disse um dos homens. — A gente já andou pensando nisso também, não é mesmo, irmãozinhos?

— É, mas não encontramos uma solução — disseram os outros.

— Já sei! — gritou Jim. — Cada um de vocês sabe escrever uma letra, não é mesmo?

— Certo, chefe — respondeu um dos irmãos, sem entender muito bem onde o garoto queria chegar.

— Então é fácil — disse Jim. — Cada um vai receber um nome que começa com a letra que ele sabe.

— Com mil trovões! — murmurou um pirata. — A vida inteira a gente quebrou a cabeça tentando resolver esse problema, e nosso príncipe resolve a coisa assim, num piscar de olhos. É... a gente precisa mesmo ter alguma coisa na cabeça!

Então, um por vez, cada pirata desenhou a letra que sabia. Lucas lia a letra que cada um escrevia, e os dois amigos procuravam um nome que começasse com ela. Só em um caso é que surgiu alguma dificuldade. Foi justamente com aquele que sempre acreditou que sua letra fosse G. Levou algum tempo para ele entender que na verdade a letra que ele escrevia era X. Mas no fim ele até que gostou.

Quando terminaram, Lucas leu pela ordem como cada um passaria a se chamar:

1. Antônio
2. Emílio
3. Fernando
4. Inácio
5. Ludovico
6. Maximiliano
7. Nicolau
8. Rodolfo
9. Sebastião
10. Teodoro
11. Ubaldo
12. Xavier.

Os doze homenzarrões pareciam criancinhas em dia de Natal, todos felizes com seus nomes. Agora, cada um tinha alguma coisa diferente dos outros.

— Para onde vamos agora? — perguntou Ubaldo.

— Para Lummerland — respondeu Jim. — O dragão disse que eu deveria voltar para casa, pois lá ficaria sabendo de tudo.

— Ótimo — disse Maximiliano. — Mas vamos viajar com o quê? A maldita tempestade deixou nossas velas em farrapos!

A única saída foi desenrolar e usar como vela todos os valiosíssimos tecidos que estavam guardados no navio, junto com os outros tesouros: peças de seda bordada com pérolas, tapetes e toalhas de renda, lenços de damasco e guardanapos de brocado. Com todos aqueles panos pendurados no lugar das velas, o navio ficou meio esquisito, mas até que estava suntuoso. Com centenas de panos multicoloridos, grande e pequenos, balançando ao vento, o barco avançou mar adentro sob um céu vermelho cor de fogo, rumo à pequena pátria de Jim e de Lucas.

Capítulo vinte e nove

onde o Príncipe Mirra encontra o seu reino

Até Lummerland, a viagem seria longa. Partindo de Mandala, o navio oficial do Imperador costumava levar vários dias para fazer aquele trajeto. E da ex-Terra Que Não Pode Ser era o dobro da distância. Mas meus leitores já sabem que os ex-piratas eram peritos na arte de velejar e tinham um navio muito veloz. Portanto, não é tão espantoso. Assim, os 12 Invencíveis levaram apenas uma noite para chegar a seu destino.

Na manhã seguinte, antes do nascer do sol, ao chegarem no convés muito bem dispostos depois de uma noite bem dormida, nossos dois amigos viram que os doze irmãos estavam na proa, com seus binóculos em punho.

Quando os amigos se aproximaram, um dos invencíveis, o que se chamava Teodoro, virou-se todo risonho e disse:

— Foi tudo brincadeira sua, não é mesmo, chefe príncipe? Por acaso aquilo ali na frente é a tal ilha minúscula onde a gente não ia caber?

Sem saber do que se tratava, pois a olho nu não

conseguiam ver nada no horizonte, Lucas e Jim olharam para os doze irmãos.

— Por quê? O que há de errado com a ilha! — perguntou Jim.

— Pois veja você mesmo! — disse Antônio. — Caramba, se aquilo ali é uma ilhazinha, então eu sou uma pulga!

Inácio e Nicolau emprestaram seus binóculos para os dois amigos. Lucas e Jim olharam na direção indicada pelos ex-piratas, e por um momento ficaram sem fala.

Através do véu de neblina, rosado pela tênue luz da alvorada, aparecia o contorno de uma ilha... não, de um continente inteiro. Em alguns pontos, a costa daquelas terras erguia-se em rochedos escarpados que despontavam das ondas azuis; em outros, brotava suavemente da superfície da água, formando belas praias. Montanhas e planícies alternavam-se numa paisagem encantadora, e estendiam-se até onde a vista conseguia alcançar. Quando o sol começou a brilhar, os rochedos passaram a refletir todas as cores do arco-íris, como se toda a ilha fosse feita de pedras preciosas. E havia um ponto que brilhava mais do que os outros, ali bem próximo da costa leste. Jim não conseguia distinguir o que era. Regulou o binóculo e disse:

— Não, ali não é Lummerland. Vocês devem ter errado o caminho.

— Também acho — resmungou Lucas. — Nunca vi essa ilha antes.

Os doze irmãos balançaram a cabeça negativamente. — Nós nunca erramos o caminho — garantiu Xavier.

O navio aproximava-se rapidamente da costa, e o menino pôde ver melhor o ponto de onde vinha aquele brilho mais forte. Primeiro viu torres de pedras preciosas translúcidas e multicoloridas; depois, templos e palácios muito antigos, meio em ruínas, até que conseguiu vislumbrar uma cidade inteira, cuja suntuosidade e beleza pareciam saídas das páginas de um conto de fadas: uma visão tão magnífica, que não há palavras que possam descrevê-la.

— Ah, Lucas, sabe o que é isso? — exclamou Jim. — É a cidade que vimos quando viajamos pelo fundo do mar, dentro da locomotiva.

Os dois amigos tiveram o mesmo pressentimento, mas não ousaram dizer o que sentiam. As terras erguiam-se suavemente em direção ao centro, e sobre o ponto mais alto dava para ver cada vez mais nitidamente uma pequena montanha com dois picos de alturas diferentes, um mais alto e o outro um pouco mais baixo. No meio deles, pequenininho como a cabeça de um alfinete, havia um castelo. Um pouco mais para baixo, uma casinha colorida... era a mercearia da senhora Heem! Bem ao lado dela estava a pequena estação. Ali dava para ver o brilho de alguma coisa de metal exposta ao sol! Parecia uma locomotiva! Parecia Ema! Não havia dúvida, Lummerland era apenas o ponto mais alto dessa ilha enorme e maravilhosa, recém-emergida do fundo do mar. Agora Lummerland ficava bem no meio daquele extenso e lindo reino, escondido durante tanto tempo nas profundezas do oceano, e que agora brilhava aos primeiros raios do sol da manhã: Jambala!

Os dois amigos baixaram os binóculos, e olharam um para o outro.

— Jim! — disse Lucas.
— L-Lucas — gaguejou Jim.

Caíram nos braços um do outro e por um bom tempo ficaram assim, abraçados, sem dizer nada.

Os doze irmãos fizeram um círculo ao redor dos dois amigos, e suas caras, antes tão terríveis, se abriram num sorriso de suave felicidade.

O navio com velas de seda e renda colorida aproximava-se da costa reluzente, e os detalhes do lugar iam aparecendo com nitidez cada vez maior. Ao lado de Lummerland havia uma pequena floresta de árvores de corais, que sustentavam em seus galhos e copas um pedacinho de terra ainda menor, agora suspenso no ar. Era Nova-Lummerland, a ilha que antes era flutuante. E lá estava a casinha branca de janelinhas verdes!

— Ei, irmãos! — gritou de repente Nicolau, muito surpreso. — Essa terra parece ser habitada por gente muito esquisita!

É que o senhor Tor Tor tinha saído de dentro de casa e olhava espantado para tudo aquilo ao seu redor. Àquela distância, a figura do gigante de mentira parecia ter quilômetros de altura. E o fato de aqueles ex-piratas não terem medo do gigante de mentira, que ainda não conheciam, só provava mais uma vez o quanto eram corajosos.

Lucas e Jim explicaram aos irmãos qual era a característica particular daquele bom homem, e contaram que ele tinha sido trazido a Lummerland para trabalhar como farol. Se os 12 já admiravam antes seu príncipe negro e seu amigo, passaram a admirá-los ainda mais.

Nesse meio tempo o navio alcançou a costa, e entrou numa baía linda, onde lançou sua âncora. Os rochedos de pedras preciosas formavam um porto natural com um paredão reto, de sorte que dava para saltar do navio para terra firme.

Tinha chegado o momento de Jim Knopf, agora príncipe Mirra, último descendente de Gaspar, o rei mago de pele escura, colocar os pés no antiqüíssimo reino de Jambala, finalmente resgatado.

Num tom quase solene, Lucas disse: — Para que este dia fique registrado para sempre, sugiro que esta terra deixe de se chamar Jambala e passe a chamar-se Jimbala!

Todos acharam o nome muito bonito, e Jim declarou:

— De hoje em diante ela passa a chamar-se Jimbala!

Com essas palavras tomou posse do reino, que era seu por direito. Agora ele pertenceria a Jim para sempre.

Em seguida, rumaram para Lummerland, que ficava bem no meio do reino. Era um longo caminho, pois Jimbala era bem grande. Eles caminhavam devagar, tomados a cada passo por um encantamento ainda maior. Tudo continuava como era no fundo do mar. Passavam por florestas de corais, e o chão em que pisavam era coberto por conchas de madrepérola. Não havia grama nem árvores verdinhas, mas elas não iam demorar muito a nascer, pois o mar havia deixado o solo muito fértil naqueles mais de mil anos em que as terras ficaram adormecidas lá embaixo.

No meio de tudo, erguiam-se montanhas e rochedos de pedras preciosas azuis, vermelhas e verdes. Comparado à riqueza daquele reino, o tesouro dos piratas, que continuava guardado na proa do navio, não era nada.

Finalmente, o cortejo liderado por Lucas e Jim chegou às fronteiras de Lummerland, que não eram mais embaladas pelas ondas grandes e pequenas.

O senhor Tor Tor já tinha ido acordar o rei Alfonso Quinze-para-Meio-Dia e seus dois súditos, e eles estavam lá, na porta do castelo, sem saber o que dizer diante de tudo aquilo. Não conseguiam entender a transformação que tinha ocorrido durante a noite. Jimbala tinha emergido tão lenta e silenciosamente, que nenhum deles fora acordado de seu sono.

Só quando Jim e Lucas se aproximaram e os saudaram é que eles voltaram a cair em si. É difícil descrever a alegria daquele reencontro, por isso prefiro nem tentar. Imaginem a cena vocês mesmos. E como a boa, velha e gorducha Ema ficou feliz quando Lucas veio a seu encontro e acariciou docemente sua caldeira meio amassada! Lucas nunca a tinha deixado por tanto tempo, e nunca os dois sentiram com tanta intensidade o quanto faziam falta um ao outro quando estavam separados. Ninguém no mundo podia entender aquilo melhor do que Jim, que continuava sem a sua Molly.

Então os dois amigos começaram a contar suas aventuras. Só que não puderam ir até a pequena cozinha da senhora Heem, como quando voltaram da cidade dos dragões, pois seria simplesmente impossível acomodar tanta gente lá dentro. Os doze ex-piratas sentaram-se no que tinha sido a praia de Lummerland, Jim e Lucas sentaram-se em cima da velha locomotiva Ema. Os outros trouxeram cadeiras e se acomodaram confortavelmente onde podiam ouvir melhor. O rei Alfonso Quinze-para-Meio-Dia chegou até a levar seu trono para fora, sempre mancando com seu chinelo xadrez, e ouviu atentamente a história dos dois maquinistas. Um deles, aliás, agora usava coroa, e portanto era seu colega.

De vez em quando, o rei murmurava: — Nós, reis,

às vezes temos que enfrentar situações muito difíceis. Posso muito bem imaginar como foi...

A boa senhora Heem, que não cabia em si de tanta felicidade, trouxe da mercearia tudo o que pôde encontrar de gostoso, principalmente sorvetes e docinhos, e serviu a todo mundo.

Depois que os dois amigos terminaram de contar sua história, ficaram todos em silêncio por alguns momentos. Foi então que o senhor Colarinho levantou-se, fez uma reverência e disse:

— Agora que tudo terminou tão bem, e que cada um encontrou seu lugar, permito-me perguntar a nossos dois honrados amigos se lhes ocorreu uma forma de aproveitar de modo apropriado minha modesta pessoa. Já tivemos oportunidade de conversar sobre isso... não sei se estão lembrados.

— É claro que estamos, senhor Colarinho — respondeu Lucas, soprando uma argolinha de fumaça em direção ao céu —, e acho que encontramos uma boa função para o senhor.

Surpreso, Jim olhou para Lucas. Ele nem imaginava do que seu amigo estava falando.

— Muito bem — prosseguiu Lucas, piscando para o garoto. — Nosso príncipe deseja aprender a ler, escrever, fazer contas, e muitas outras coisas. Pelo menos foi isso o que ele disse.

— Verdade? — perguntou o senhor Colarinho, muito satisfeito.

— É — confirmou Jim —, é verdade. Será que o senhor não quer me ajudar, senhor Colarinho?

— Com o maior prazer!! — disse o senhor Colarinho.

Foi assim que Jim Knopf, agora o jovem rei de Jimbala, passou a freqüentar as aulas do senhor Colarinho, com quem aprendeu a ler, escrever, fazer contas, e muitas outras coisas. Não seria demais afirmar que o senhor Colarinho provou ser um excelente professor, e que Jim Knopf estava ficando muito instruído. Estava cada vez mais admirado com tudo o que o senhor Colarinho sabia. Ele era quase uma Flor do Saber.

Certa vez, Jim até tentou convencer os ex-piratas a irem com ele à escola. Mas os doze irmãos não pareceram muito interessados, e o menino resolveu não insistir.

As primeiras cartas que Jim escreveu de próprio punho foram endereçadas a todas as crianças que tinham sido presas em Mummerland junto com a princesinha. Ele as convidava para virem visitá-lo em Jimbala. O garoto deu as cartas aos doze irmãos para que eles as entregassem, de navio, às crianças que um dia tinham raptado.

Assim que o navio de velas coloridas bordadas de pérolas zarpou, um outro navio, também muito suntuoso, entrou pela baía de Jimbala e aportou próximo ao paredão do cais. Era o novo navio oficial de Pung Ging, o Imperador de Mandala, trazendo a bordo o Imperador em pessoa, Li Si, e até Ping Pong. Todos já sabiam das coisas maravilhosas que tinham acontecido nesse meio tempo.

— Foi o rei Alfonso Quinze-para-Meio-Dia que telefonou para vocês? — perguntou Jim, surpreso com a visita.

— Não — disse o Imperador, com um sorriso nos lábios. — Foi uma outra pessoa que nos contou tudo. Você consegue imaginar quem foi?

— Hum... será que foi o Dragão de Ouro da Sabedoria? — arriscou Jim.

— Isto mesmo, foi ele — respondeu Li Si. — Imagine que, desde que a Terra Que Não Pode Ser afundou, ele fala com todos nós. Agora, as vinte e uma Flores do Saber vão ter aulas com ele todos os dias, e ele lhes ensina todos os segredos do mundo.

— É isso mesmo — piou Ping Pong. — E ele me pediu para lhe dar um recado. Ele disse que no dia em que o príncipe Mirra se casar com a princesa de Mandala, você terá de volta o que perdeu.

— Molly! — exclamou Jim, radiante de alegria.

A partir disso, o garoto já não agüentava esperar pela hora de receber sua pequena locomotiva de volta, embora não tivesse a menor idéia de como isto ia acontecer. De qualquer modo, era preciso marcar para o quanto antes o dia do casamento, e com isso todos concordavam.

No compartimento de carga do navio, Ping Pong havia trazido mudas das árvores transparentes de Mandala, e de outros tipos de plantas da Floresta das Mil Maravilhas, que imediatamente foram plantadas em Jimbala.

O senhor Tor Tor mantinha-se escondido temporariamente em sua casinha. O gigante de mentira, preocupado, não queria assustar os convidados com suas características particulares. A própria Li Si, que já o conhecia, nunca o tinha visto de longe, e o senhor Tor Tor achou melhor os hóspedes irem se acostumando aos poucos com a sua aparência. Mas o Imperador, Ping Pong, e até mesmo os marujos, fizeram questão de cumprimentá-lo imediatamente, e foram visitá-lo em sua casinha. Aquele gesto deixou o gigante de mentira profundamente emocionado.

Último capítulo

onde a história termina com muitas surpresas agradáveis

Algumas semanas depois, o navio dos ex-piratas voltou, trazendo a bordo crianças vindas dos mais variados países, acompanhadas de suas famílias. De longe, o convés parecia um formigueiro colorido em festa.

Para mostrarem logo às crianças que não eram mais os 13 Piratas, os ex-piratas haviam tirado de seus chapéus a caveira com os ossos em "x", substituindo-a por um distintivo redondo com as sete cores do arco-íris, as cores da bandeira de Jimbala.

À chegada do navio, a criançada abraçou seus heróis, e a alegria de todos parecia não ter fim. Acalmados os ânimos, Lucas disse:

— Muito bem, agora que os convidados já chegaram, acho que não está faltando mais nada. Podemos fazer o casamento ainda hoje.

— É mesmo... também acho! — concordou Jim.

Ficou decidido, então, que a festa seria realizada naquela mesma noite, na velha cidade de pedras preciosas, perto da costa leste de Jimbala. Os 12 Invencíveis foram até lá, a fim de prepararem tudo.

As crianças e suas famílias subiram com Jim e Lucas até Lummerland, pois tinham ouvido falar muito do lugar e estavam morrendo de vontade de conhecê-lo. Em seu pequeno reino, o rei Alfonso Quinze-para-Meio-Dia cumprimentou todos com um aperto de mão, e o senhor Colarinho fez o mesmo. A senhora Heem, com as bochechas vermelhas de tanta felicidade, passou a tarde inteira no fogão preparando chocolate e assando um bolo atrás do outro, todos muito amarelinhos e cobertos de açúcar de confeiteiro. As crianças se fartaram de comer. Até aquelas que nunca tinham experimentado aquele tipo de coisa, como o indiozinho e o esquimó, adoraram as delícias que a senhora Heem tinha preparado. Na verdade, acharam aquilo quase mais gostoso do que o filé de búfalo e o óleo de fígado de bacalhau que estavam acostumados a comer em casa.

As crianças passaram a tarde brincando. Como vinham de países diferentes, cada uma conhecia uma brincadeira que as outras não conheciam. No fim da tarde, todas estavam meio cansadas. Além do mais, já estava chegando a hora de partirem para a cidade de pedras preciosas, pois Jimbala era uma ilha enorme, e o trajeto até lá era longo.

Lucas preparou a boa e velha Ema, pois é claro que ela também queria estar presente no casamento de Jim e Li Si. E as crianças poderiam descansar as pernas se fossem até lá sentadinhas dentro da locomotiva. Além disso, entre os membros de suas famílias havia avós e tios-avós, para quem a caminhada seria cansativa demais.

Lucas puxou o apito de Ema, todos se acomodaram no trem e a locomotiva se pôs em movimento. A velha Ema avançava devagar, para que os convidados tivessem tempo de apreciar tudo. E a todo momento ouviam-se Ahs! e Ohs! de admiração. O sol foi se pondo, e já era noite quando finalmente chegaram à planície onde se encontrava a cidade de pedras preciosas.

Vocês não imaginam o espetáculo que se ofereceu àqueles olhos espantados!

Os 12 Invencíveis tinham acendido centenas de archotes por toda a cidade: dentro dos castelos semidestruídos, nas ruas, nos jardins internos e atrás dos muros dos palácios de pedras preciosas, enfim, em todos os lugares. A cidade inteira reluzia em todas as cores, como se fosse uma gigantesca lâmpada maravilhosa. No céu, as luzes das estrelas pareciam querer competir com as da cidade. Das praias vinha o barulho do mar. E do fundo do mar se irradiava uma luminosidade esverdeada. Todas as ondas, grandes e pequenas, tinham uma orla de espuma formada por incontáveis pontinhos de luz.

Jim, que vinha caminhando de mãos dadas com Li Si atrás da locomotiva, exclamou: — São as luzes do mar!

— Sim — disse a princesinha, toda orgulhosa. — Se não fosse por Lucas, elas não estariam acesas.

O cortejo entrou na cidade iluminada. À medida que avançavam pelas ruas e praças, inundadas por aquele maravilhoso espetáculo de luz, as pessoas iam emudecendo de admiração. Algum tempo depois, o cortejo se aproximou de uma enorme praça redonda, em cujo centro havia um pedestal circundado por degraus; no topo da escadaria havia um trono de pedra branca como a neve. Nele estavam gravadas as seguintes palavras misteriosas: QUANTO MAIS TEMPO, MELHOR.

Como os números de um relógio, os 12 Invencíveis formaram um círculo ao redor da praça, cada um segurando um archote na mão. Quando viram que Jim e Li Si se aproximavam, todos gritaram a plenos pulmões:

— Viva os noivos! Viva! Viva! Viva!

E puseram-se a cantar sua nova canção.

Ao som da canção dos 12, as crianças e suas famílias também formaram um enorme círculo ao redor do trono e, radiantes de alegria, saudaram o casal de príncipes.

Jim e Li Si pararam na frente dos degraus que levavam ao trono. Então, a senhora Heem e Lucas trouxeram-lhes suas roupas de casamento. A senhora Heem colocou sobre os ombros da princesinha um lindo manto de rainha, todo branco e bordado de pérolas, cuja cauda chegava a se arrastar no chão. Depois foi a vez de Lucas colocar sobre os ombros de Jim um manto real vermelho-púrpura, todo bordado em ouro. Os olhos de Lucas brilhavam; se ele estivesse com o cachimbo na boca, com certeza teria soltado aquelas gordas baforadas de fumaça, como sempre fazia quando estava emocionado.

O Imperador de Mandala, então, atravessou lentamente a praça na direção dos noivos. Trazia nas mãos uma almofadinha de veludo azul, e sobre ela estavam as insígnias reais: a belíssima coroa de Gaspar, o rei mago, seu cetro e seu globo, uma fina coroazinha mandalense para Li Si, e a estrela vermelha de cinco pontas dos ex-13 Piratas.

O Imperador se colocou entre as duas crianças. Lucas pegou Jim pela mão e a senhora Heem fez o mesmo com Li Si, e juntos subiram os degraus do trono. Então o Imperador falou com sua voz baixa, mas que encheu toda a praça:

— Minhas crianças, tomem estas coroas. Através deste gesto, o velho reino de Jimbala, agora resgatado, terá um novo rei e uma nova rainha.

O Imperador, então, passou às mãos de Lucas, o maquinista, a almofadinha de veludo azul, pegou a coroa de doze pontas e colocou-a na cabeça de Jim. Depois, da mesma forma, pegou a coroazinha mandalense e colocou-a na cabeça de sua filha, Li Si. Em seguida, atendendo a um aceno do Imperador, Jim pegou o cetro que Lucas lhe ofereceu na almofadinha. O globo de ouro, porém, ele passou às mãos da jovem rainha. Por fim, Lucas pregou a estrela vermelha no manto do amigo. E as duas crianças sentaram-se lado a lado no trono branco com a inscrição misteriosa.

Durante toda a cerimônia, o rei Alfonso Quinzepara-Meio-Dia mantivera-se um pouco afastado, pois estava em visita diplomática, por assim dizer, a outro país. Mas de repente ele não conseguiu mais se controlar: arrancou a coroa da cabeça, jogou-a para o alto e gritou:

— Viva o rei Mirra! Viva a rainha Li Si! Longa vida para o casal real! E que nossos dois países mantenham boas relações de vizinhança, e ...

De tão alegre, o rei perdeu o fio da meada e não sabia mais o que dizer. Como todos haviam respondido aos seus gritos de — Viva! —, no meio da gritaria ninguém percebeu nada. Ping Pong, que estava ao lado do rei, não parava de pular e de piar: — Oh, oh, oh... não agüento mais de tanta felicidade! Oh, oh, oh... que coisa mais linda...!

E o senhor Colarinho, que estava ao lado de Ping Pong, disse: — Imagine só, senhor Bonzo-mor, eu sou o professor dele... o educador de um rei! Isto é mais do que sublime, isto é excelso!

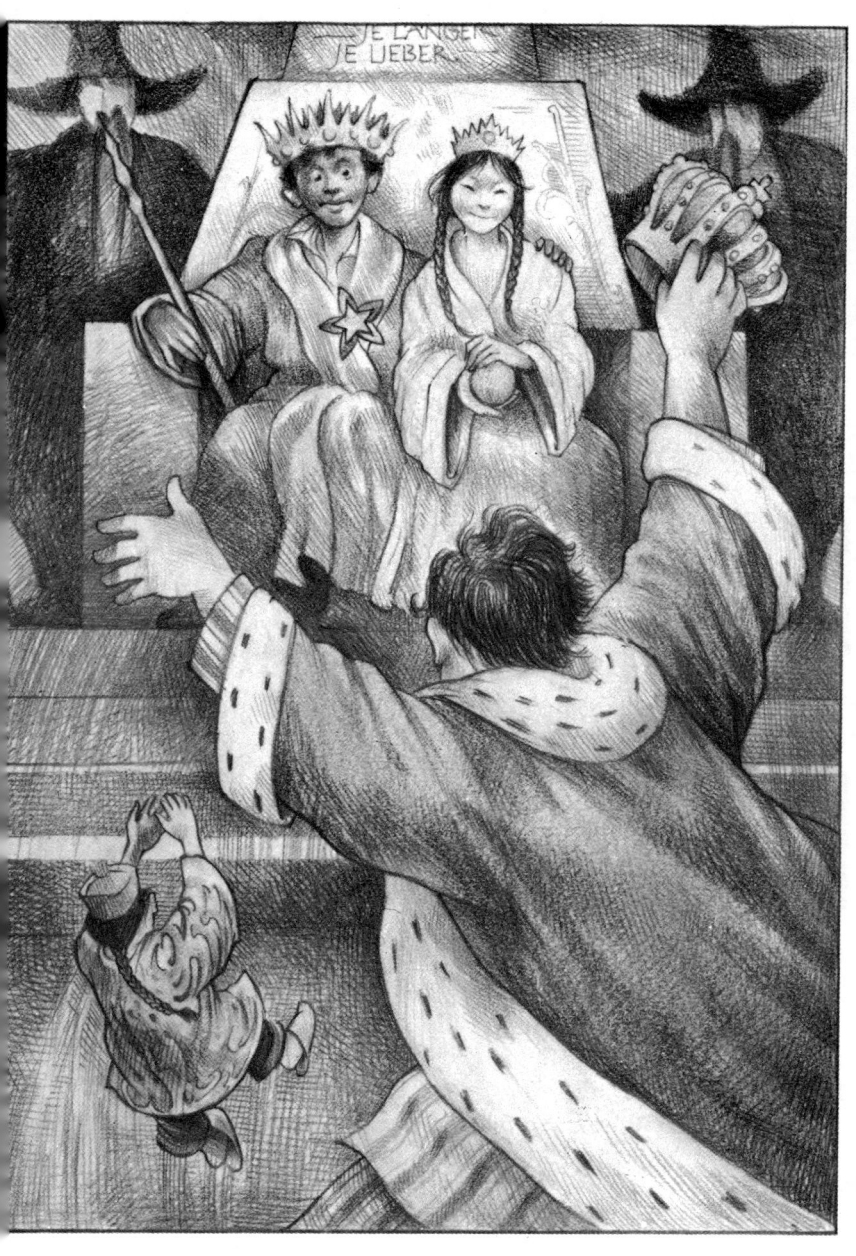

— *Viva o rei Mirra! Viva a rainha Li Si!...*

Até o senhor Tor Tor, que por precaução tinha ficado escondido no tênder de Ema, começou a gritar alto com sua vozinha fininha:

— Muitas felicidades! Tudo de bom! Vida longa para o jovem casal real!

Ema, apitando e tremendo toda, não parava de soltar jatos de vapor, de tanta felicidade. O Imperador de Mandala ergueu a mão, e a multidão ficou em silêncio, para ele falar.

— Nessa hora, caros amigos, fim e começo enlaçam-se misteriosamente — disse ele. — O último elo de uma corrente encaixa-se novamente no primeiro, e o círculo se fecha.

Enquanto todos pensavam, silenciosos, nas palavras do Imperador, ouviu-se de repente um estranho som de cornetas vindo do mar.

— Quem poderia ser? — murmurou Jim para Lucas.

— Talvez sejam nossos amigos do mar! — disse Lucas. — Decerto também querem participar da nossa festa.

— Vamos recebê-los — sugeriu Li Si.

Todos concordaram com a sugestão da rainha, e o cortejo inteiro, junto com Ema e os 12 Invencíveis, saiu pelas ruas da cidade em direção à praia. Lá chegando, viram um espetáculo de rara beleza. Da linha do horizonte, aproximava-se da praia sobre as ondas iluminadas um segundo cortejo de seres em festa: era o pessoal do mar, que às centenas, esfuziantes de alegria, faziam fervilhar a água do mar, e vinham tocando sua música em trombetas feitas com conchas de moluscos. No meio daquela outra multidão, uma espécie de barco, formado por uma gigantesca concha de madrepérola, vinha sendo puxado por seis morsas brancas. Em cima dele vinha Sursulapitchi, com um longo véu de noiva feito de finas algas, tendo a seu lado Urchaurichuum. Atrás deles vinha um outro barco de concha, sobre o qual havia alguma coisa que não se podia reconhecer muito bem, pois estava coberta por plantas marinhas de folhas bem largas.

— Será que eles encontraram Molly? — perguntou Jim, e seu coração começou a bater forte.

— A menos que eu esteja muito enganado, acho que sim — respondeu Lucas, ansioso.

Quando o cortejo de seres marinhos chegou à praia, Jim cumprimentou-os na condição de rei da ilha e apresentou-lhes a rainha.

Sorridentes, Sursulapitchi e Urchaurichuum trocaram um olhar, e a sereia disse: — Nós também estamos comemorando hoje o nosso casamento.

— Puxa vida! — exclamou Lucas. — Quer dizer que Urchaurichuum conseguiu realizar a tarefa imposta por Lormoral, o rei do mar?

— Consegui sim — respondeu o ondino, com aquele seu jeito melodioso de falar —, e com a ajuda de meu amigo Nepomuk, que lhes envia muitos abraços saudosos. Mas sua responsabilidade de guarda dos recifes magnéticos impediu-o de vir pessoalmente. Como vocês podem ver, as luzes do mar estão acesas esta noite. Ele não quis abandonar seu posto, pois teve medo de que alguma coisa pudesse acontecer a algum navio.

— Bravo! — exclamou Lucas, reconhecendo os méritos do meio-dragão. — Por favor, diga a Nepomuk que estamos muito satisfeitos com ele e que também lhe mandamos um forte abraço.

— Será que vocês encontraram Molly? — perguntou Jim, não conseguindo mais controlar a sua ansiedade.

Mais uma vez, Sursulapitchi e Urchaurichuum trocaram um olhar de felicidade. Em seguida, o ondino disse com sua voz melodiosa:

— Queremos agradecer a vocês a produção do Cristal da Eternidade. Por isso, a primeira obra-prima que resolvemos fazer com ele foi a transformação de sua pequena locomotiva. Nós a encontramos bem ao sul, no ponto mais fundo do oceano. O meio-dragão e eu transformamos sua estrutura metálica em vidro indestrutível, como sinal de nossa amizade e agradecimento.

Depois dessas palavras, os seres do mar tiraram as folhas que cobriam a coisa que estava no segundo barco de madrepérola, e... lá estava Molly, linda e transparente como água cristalina!

A pequena locomotiva foi empurrada para a terra e colocada bem na frente de Jim. Cuidadosamente, o menino tocou-a, com medo de que fosse uma miragem e pudesse desaparecer. Mas isto não aconteceu. Era uma locomotiva de verdade, e até tinha crescido um pouco durante o tempo em que estiveram afastados.

— Muito o-obrigado! — gaguejou Jim, com os olhos brilhando de emoção. — Muito obrigado mesmo!

Depois de algum tempo, o garoto perguntou: — Será que ela não ficou um pouco frágil demais?

— Não — replicou Urchaurichuum —, o Cristal da Eternidade é inquebrável.

— Ele nunca se quebra? — perguntou Jim.

— Nunca — respondeu o ondino.

Enquanto os dois conversavam, Lucas foi buscar a velha Ema. É fácil imaginar como ela ficou feliz ao rever sua filha, ainda mais com aquela roupa tão linda.

Os abraços entre mãe e filha mal tinham terminado, quando ouviram um barulhão vindo do alto mar. A superfície da água se encheu de bolhas enormes e depois ergueu-se como uma montanha; então surgiu a gigantesca cabeça de Lormoral, o rei do mar. Sem dizer uma palavra, ele deu uma olhadinha nas festas de casamento; depois, um sorriso se desenhou na sua cara mal-humorada, e ele disse, com aquela voz de arroto de baleia: — Felicidades! Felicidades!

Depois desapareceu novamente, deixando para trás enormes bolhas de água.

— Era o meu pai! — explicou a princesinha do mar. — Agora sentem-se, por favor... vai começar o balé aquático.

Todos instalaram-se confortavelmente na praia, os seres do mar nas águas rasinhas e os humanos na areia. Então, o séquito da sereiazinha começou a dançar um maravilhoso balé na água.

As comemorações se estenderam pela noite adentro, e nunca se viu no mundo uma festa mais bonita do que aquela. Quem estava lá poderá confirmar o que estou dizendo.

Alguns dias mais tarde, o Imperador voltou a Mandala junto com Ping Pong. Li Si ficaria para sempre em Jimbala, pois afinal de contas era a rainha daquele lugar. Juntos, Lucas e Jim construíram uma linda casa perto da fronteira de Lummerland, metade palácio mandalense, metade estação ferroviária. E foi ali que o casal real passou a viver. Li Si aprendeu com a senhora Heem a cozinhar e a cuidar da casa, e ia todos os dias com Jim assistir às aulas do senhor Colarinho, em Lummerland. Os dois governavam juntos o seu reino. Só iam à cidade de pedras preciosas em

— Felicidades! Felicidades!

ocasiões solenes, ou então quando tinham que discutir algum assunto importante.

A maior parte das crianças continuou morando ali para sempre, junto com seus familiares. Tinham trazido sementes de seus países natais e semearam-nas no solo fértil de Jimbala. Assim, em pouco tempo surgiram muitos campos e florestas para os índios, uma região com grandes campos de tulipas e prados verdinhos para os holandeses, uma outra região de floresta tropical para as crianças moreninhas de turbantes na cabeça, e até os esquimós encontraram no extremo norte do reino uma região muito adequada para eles, onde no inverno nevava bastante. Para resumir, cada um encontrou o que era mais apropriado para si. A pequena floresta de árvores de corais, que outrora servira para sustentar a pequena ilha de Nova-Lummerland, parecia ter sido feita para se brincar de gangorra, escorregador e esconde-esconde, e logo se transformou no local predileto de toda a criançada.

Pouco a pouco, os novos habitantes da ilha foram se acostumando com o gigante de mentira, e ele agora podia sair de sua casa mesmo à luz do dia, que ninguém se assustava. As crianças acenavam para ele quando o viam de longe, com quilômetros de altura, e ele acenava todo feliz. É claro que o senhor Tor Tor continuava desempenhando sua função de farol, pois o perigo de algum navio bater numa ilha é o mesmo, seja ela grande ou pequena.

Os 12 Invencíveis ficavam navegando ao redor da ilha, com seu navio de velas de renda e seda bordada de pérolas, para proteger o reino de seu chefe e senhor. Assim, nenhum mal podia ameaçar o reino, e ninguém precisava ter medo de nada. Assim, em pouco tempo apareceram passarinhos de todas as espécies, vindos dos quatro pontos cardeais, alguns de bela plumagem, outros mais discretos, alguns de canto magnífico, outros que grasnavam. Em pouco tempo eles ficaram tão mansinhos e confiantes, que era só alguém chamá-los para eles virem na hora. É claro que mais tarde também vieram outros animais. Mesmo assim, Jimbala recebeu o apelido de Terra das Crianças e dos Passarinhos.

E o que aconteceu com o Dragão de Ouro da Sabedoria? Jim e Lucas deram o dragão de presente ao Imperador de Mandala. Em sinal de agradecimento, o Imperador mandou bordar a imagem do dragão em todas as bandeiras e em todos os mantos dos altos funcionários e dignitários. Vocês já devem ter visto desses tecidos de seda com dragões bordados. Pois agora já sabem de onde vem o desenho do dragão.

Lucas continuou em Lummerland com a boa e velha Ema, e todos os dias percorria a estradinha de ferro cheia de curvas, passava pelos cinco túneis, ia de ponta a ponta da ilha, e depois voltava.

Pouco a pouco, Jim foi construindo com a ajuda de seu melhor amigo toda uma rede ferroviária pelo reino, para poder levar as crianças a Lummerland e trazê-las de volta para casa, ou então para que pudessem ir de trenzinho visitar seus amigos, coisa que elas gostavam muito de fazer.

Bonito mesmo era ver Jim pilotando sua locomotiva de cristal nos finaizinhos de tarde. Quem olhasse para a cena, veria apenas o fogo, a água e o vapor, e dentro da cabine do maquinista, iluminado pelas chamas da fornalha, o pequeno Jim com uma linda coroa na cabeça e uma estrela reluzente no peito.

Quando Jim e Lucas se cruzavam no caminho, acenavam um para o outro, e Ema e Molly apitavam uma para outra.

Lá em cima de Lummerland e de Jimbala, sob um magnífico céu estrelado, o senhor Tor Tor segurava sua lanterna acesa, produzindo a imagem de uma árvore de Natal viva.

Pois é, meus queridos leitores, aqui as aventuras de Jim Knopf e de Lucas, o maquinista, chegam ao

FIM